告白予行練習

ヒロイン育成計画

原案／HoneyWorks　著／香坂茉里
監修／バーチャルジャニーズプロジェクト　イラスト／ヤマコ

行ってきますね
告白

←気になるひよりの恋の行方(ゆくえ)は…？

バカにして笑ってよ　お願い

芋女の私も
お姫様になれたら
なんてね
涼海

告白予行練習

ヒロイン育成計画

原案／HoneyWorks
著／香坂茉里
監修／バーチャルジャニーズプロジェクト

21979

角川ビーンズ文庫

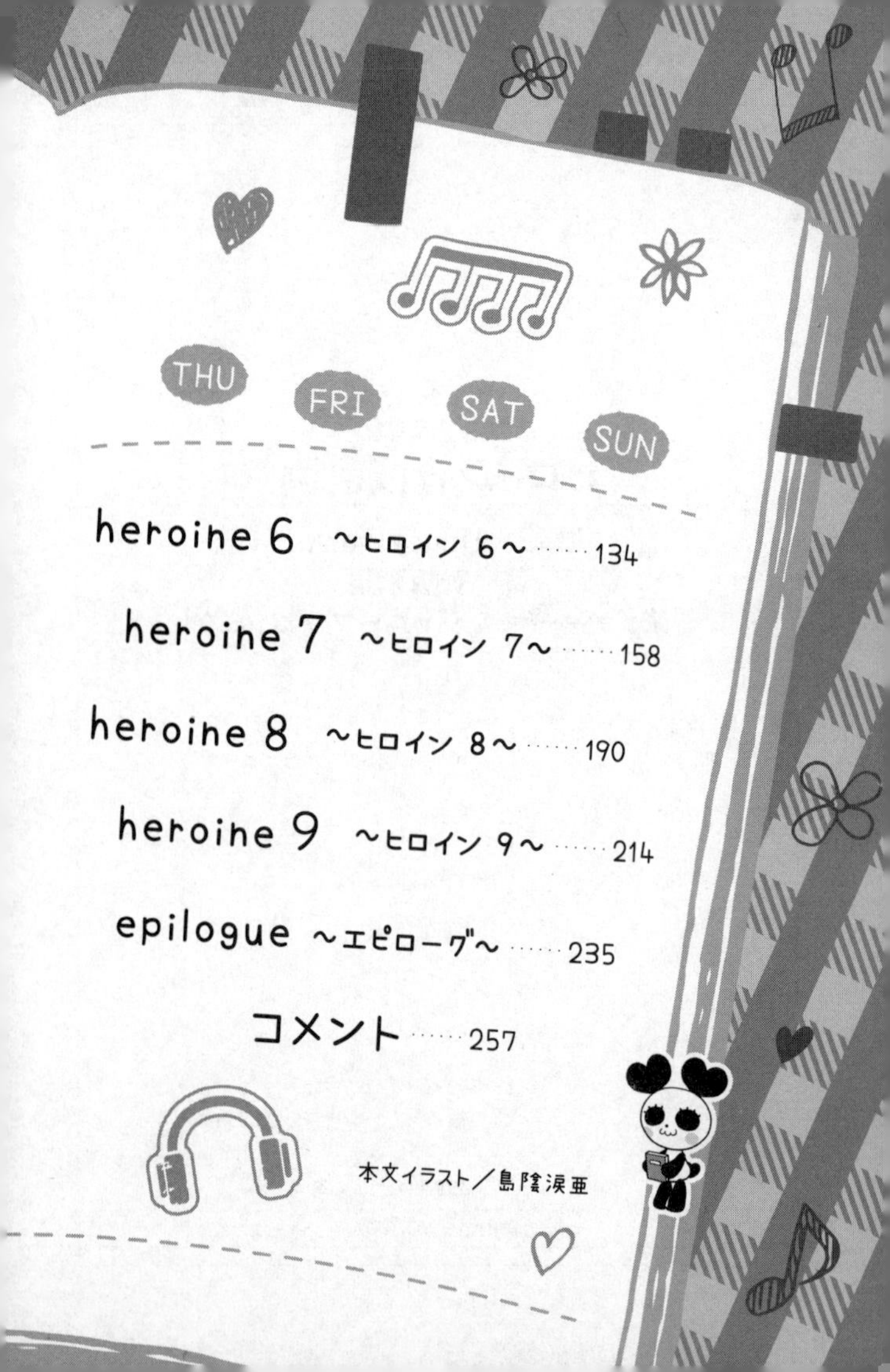

本文イラスト／島陰涙亜

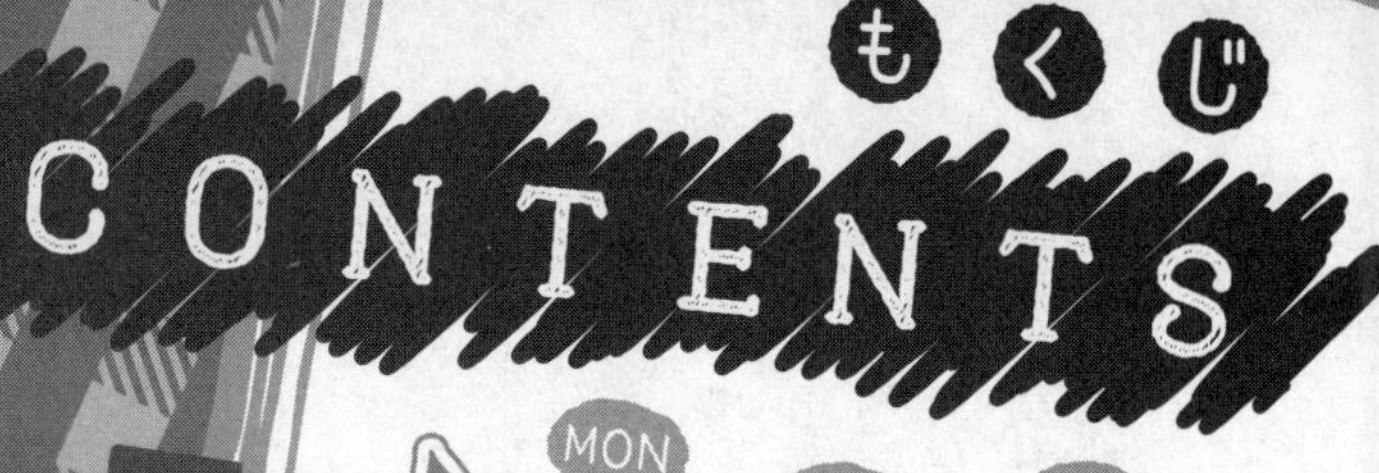
もくじ
CONTENTS

MON

TUE

WED

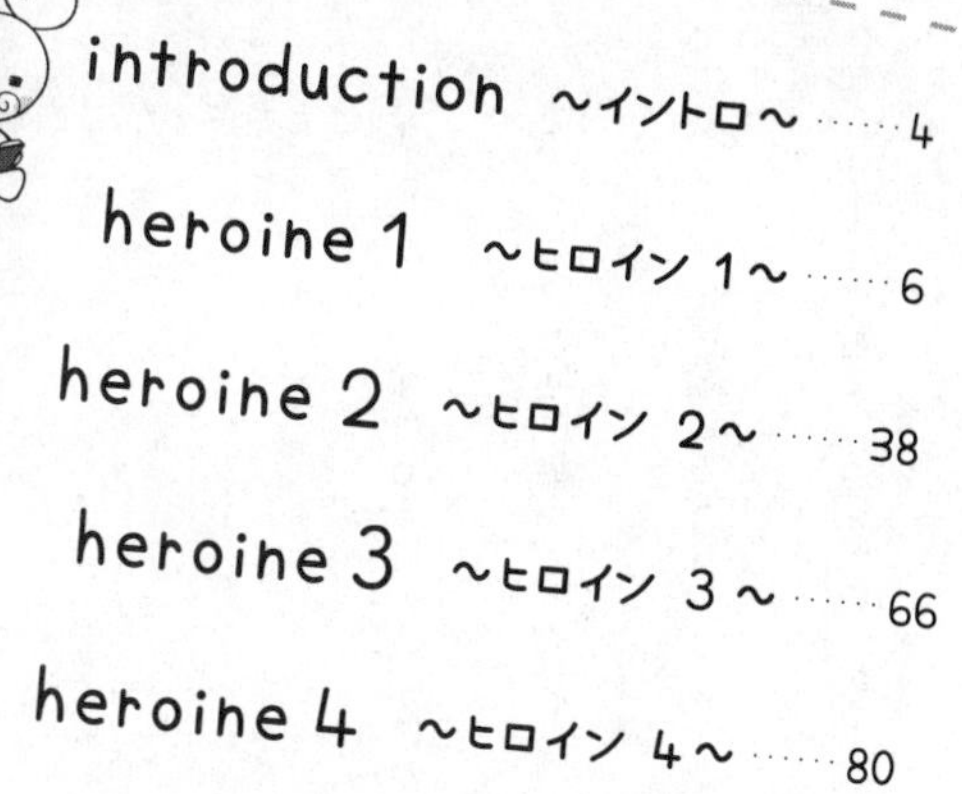

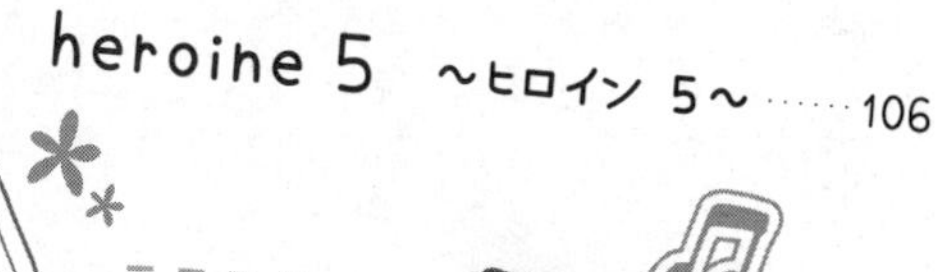

＊♪ introduction ～イントロ～

きっと、ヒロインなら――。

綺麗で王子様にもちやほやされるでしょ？

優しくて、かっこよくて、理想的な王子様がある日突然、目の前に現れて。

『君こそ、僕のお姫様だよ』

なんて、甘い声でささやいて、フワッと抱きかかえてくれる。

そんな夢みたいなシチュエーションを想像して、うっとりする。

でも、現実は全然違う。

鏡に映るのは、クタクタなジャージを着ている、どこからどう見てもさえないただのモブ女。

芋女の私もヒロインになれたら、なんてね。

　ひよりは「よしっ！」と気合いをいれて、クローゼットのなかからありったけの服を引っ張り出す。あれもこれも全部着てみたけれど、やっぱりモブ女はモブ女のまま。

　あきらめて、ちらかった服の上にゴロンと寝(ね)っ転がった。

　誰(だれ)かプロデュースして――。

　髪(かみ)も服も全部かわいくして。

「王子様、こないなぁ……」

　いつか出会う王子様。

　どこでなにしてるの？

　神様――。

　待っていますから気長に。

　大の字になりながら、「はぁ……」と切ないため息をもらした。

お姫様に
なれたらなんてね

heroine 1 ～ヒロイン 1～

芋女(いもおんな)の私も

＊♪ heroine 1 ～ヒロイン1～

夏休みが終わり、九月にはいっても暑さはまだしばらく続きそうだった。

日陰にいてもじっとりと汗ばんでくる陽気だ。

この日の美術の授業は野外での写生で、涼海ひよりは仲のいい女子たちといっしょに中庭にでていた。みんなおたがいの顔や花壇の花を描いているが、いそがしく動いているのは手より口のほうだ。

女子数人が集まっていれば、おしゃべりが始まるのは仕方ないことだろう。

話題になっているのは、クラスメイトである柴崎愛蔵と、染谷勇次郎のこと。

人気高校生アイドルユニット、『LIP×LIP』の二人。

そのことをひよりが知ったのは、入学式の日のことだった。

中学でやっていた陸上を続けるため、実家をはなれて桜丘高校に入学してきたひよりは、アイドルのことにうとく、二人のことをなにも知らなかった。

クラスにアイドルをやっている人がいるなんて、都会の学校でもそうあることではないだろう。入学初日から騒がれている二人にびっくりしたものの、今ではその光景もすっかり見慣れたものになっていた。


クラスの女子たちにかこまれた二人は、楽しそうに話をしながら絵を描いている。

勇次郎が身を乗りだすようにしてのぞこうとすると、愛蔵は『見んな！』とばかりにクロッキー帳を腕で隠していた。

勇次郎がイタズラっぽい顔でからかうと、愛蔵が赤くなって言い返す。

そんな『仲のいい二人』を見て、まわりの女子たちも笑っている。

楽しそうな声は、はなれた場所にいるひよりにも聞こえた。


「いいなぁ……私も愛蔵君と勇次郎君、描きたかったぁ」

「あのなかにはいっていく勇気があるなら、どーぞ」

「ムリムリムリ！　やっぱり、遠くから見てるだけでいい！」

ひよりといっしょにいる女子たちは、和気藹々とそんな話をしている。

「そーいえば、新しくアップされてたMV見た⁉」

「ヒロイン役の子もかわいいよねー。二人にあんなふうにエスコートされたいよね」

「私、二人に手をとられただけで、気絶する自信ある！」

みんなが話題にしているのは、二人が歌う『ノンファンタジー』という曲のMVのことだ。

実のところ、その収録現場にいたひよりとしては、少々複雑な気分で話題にはいっていきづらい。

ヒロインの子に頼まれて、落とした手袋を拾おうとして湖にドボンとはまったり、ずっこけた拍子にヒロインの子の衣装にコーヒーをぶっかけたりしてしまった失敗の記憶が次々とよみがえってきて、「うう〜っ」と頭を抱えたくなる。

もちろん、そんなことがあったなんて人には話せない。二人が所属している芸能事務所でマネージャー見習いのアルバイトをしていることは、絶対に秘密だ。

あの二人にも厳重に口止めされているし、学校ではおたがい口をきかないことになっている。

「ひよりん、どうしたの？」

不意にきかれて、ひよりはパッと顔をあげた。

まわりの女子たちが、『大丈夫？』というようにこちらを見ている。

「な、なんでも〜、なに描こうかと思って」

ひよりは頭の後ろに手をやりながら、ヘラッと笑ってごまかした。

「ひよりんってさ。どっちがタイプなの？」

ニヤーッと笑った女子の一人が、そうききながら顔をよせてくる。

「えっ⁉　ど、どっちって……⁉」

突然の質問にあせってしまい、思わず動揺した声になった。

「愛蔵君と勇次郎君だよー」

「……どっちも」

ひよりはさりげなく視線をそらしながら、モゴモゴと答える。

（ちょっと、好きじゃ……だって、二人ともサイテーだし！）

本性を知っているのは、この学校ではひよりくらいだろう。ああ見えて、二人は問題が多い。

「そうだよねー。二人そろって、LIP×LIPだもんね。ひよりん、わかってるじゃん！」

「私はやっぱり勇次郎君かなー」

「勇次郎君もいいけど、私は愛蔵君！」

盛り上がっているみんなの話を聞き流しながら、ひよりは鉛筆を動かす。

（本当は、全然王子様なんかじゃないのになぁ……）

気付けば、鬼の角が生えたチビキャラの二人をクロッキー帳に描いていた。

もちろん、それはひよりも知っている。

真剣にダンスレッスンをしている時や、撮影や収録の時、ライブの時は本当にかっこいい。

目がまわりそうなほどいそがしいスケジュールを、毎日こなしているのもすごいと思う。

二人の夢を知っているから、応援もしたい。

そう思うから、精一杯マネージャー見習いとして二人をサポートしているのに——。

日頃のイジワルな態度を思い出すとムカムカしてきて、鉛筆をギュッとにぎりしめる。

いつのまにか、金棒を手にしたチビ鬼の二人が口から火をふいている絵になっていた。

その足に踏みつけられているのは、チビひよりだ。

今のところ、ひよりと二人の関係はこんな感じだろう。

（昨日も、スタッフさんがくれたお菓子、うちから奪っていったし〜〜!!）

撮影の後は、脱いだ上着や帽子を人の腕や頭にポイポイ引っ掛けていく。

重い荷物を容赦なく押しつけていくのも、いつものことだ。

そのことを思い出し、「やっぱり、サイテーだ！」と頬をふくらませる。

まわりの女子たちが、「え？」とひよりを見た。

ハッとして、「なんでもない！」とあたふたしながらごまかす。

二人のイメージを守るのも、マネージャー見習いの大事な役目だ。


放課後になり、ひよりは下足場で靴をはきかえて校舎をでた。

今日はどの部活も休みだから、「どこかいく？」と他の女子たちが話をしている。

（いいなぁ……うちもクレープ食べにいきたいけど、今日はアルバイトだし……）

それに、アルバイト代がはいる前だから、節約しなければならない。

クレープはしばらくおあずけだろう。ひよりは「はぁ～」と、ため息をつく。

桜丘高校にはいると決めた時からわかっていたこととはいえ、一人暮らしをするというのもなかなか大変なものだ。

ほんの少しだけ、自由な学園生活を満喫している他の子たちが羨ましくなる。

（ダメダメ、泣き言は言わんって決めたんだし！）

プルプルと首をふって気を取り直すと、正門にむかって歩きだした。

その途中、少し先を歩く雛の後ろ姿を見つけて、ひよりの顔がパーッと輝く。

「瀬戸口先輩！」

手をふりながら駆け寄ると、雛が鞄を両手で持ったまま「ん？」と、振り返った。

二年生の瀬戸口雛は、ひよりが目標としている陸上部の先輩で一番の憧れだ。

ちんまりとした体型で、左右でわけた髪の毛先がクルンとカールしているのがかわいい。

「ひよりちゃん」

雛が足を止め、ニコッと笑う。

ひよりは隣にならぶと、「あれ？」とあたりを見まわした。

「先輩、今日は榎本先輩といっしょじゃないんですか？」

「えっ⁉　な、なんで⁉」

「よくいっしょに帰ってるから……？」

首をかしげながら、そう答える。

サッカー部に所属している二年の先輩の榎本虎太朗は、雛と同じクラスだ。

「それは、家の方向が同じだから……いっしょに帰ってるわけじゃないってば！」

雛はあわてたように言ってから、「もー、勘違いなのに」と顔を赤くする。

（瀬戸口先輩って、やっぱりかわいいなぁ……）

雛と虎太朗は、幼なじみで家も隣同士らしく、部活が終わるとならんで帰っていることが多い。

だから、付き合っているという噂もよく聞くが、今のところは違うようだ。

「お似合いなのになぁ……」

「ひよりちゃん？」

雛のジトーッとした視線に気付いて、あわてて両手で口をふさいだ。

（うち、また、余計なことを～！）

考えていることが、無意識に口にでてしまうのがひよりの悪い癖だ。

わかってはいるけれど、なかなかなおらない。

ひよりは、「すみません!!」と、ペコペコと頭を下げた。

「いいけどね……慣れてるから」

雛は苦笑してから、「そうだ」と話をかえる。

「ひよりちゃん、今度の体育祭、なににでるの？」

「え？　体育祭？」

ひよりはキョトンとした顔できさかえした。

「知らなかった？　来週の土曜日にあるの。もう、うちのクラスは練習始まってるよ？」

「えぇぇぇ――っ!?　うちのクラス、まだなにも……」

(明智先生だって、なにも言っとらんかったし)

「瀬戸口先輩は、なんの種目にでるんですか？」

「私は千五百メートル走と、混合リレーだよ。去年もそうだったから」

「リレー!?」

「うん、毎年リレーが一番盛り上がるかなぁ」

雛はあごに人差し指を当てながら答える。

「うちも、リレーでたいなぁ」

ひよりはソワソワしてきて、その場で軽く足踏みした。

走るのが得意なひよりにとって、体育祭は大好きな学校行事の一つだ。

張り切らないわけにはいかない。

「じゃあ、ひよりちゃんのクラスが一番の強敵になるかもね」

「学年別じゃないんですか？」

「予選は学年別だよ。そのうち、上位二クラスが決勝進出」

（ってことは、決勝にいけたら、瀬戸口先輩と走れるんだ）

「うち、決勝に残れるように、がんばります！」

ひよりがギュッと手をにぎりながら宣言すると、雛もニコッと笑う。

「うん、私もがんばらないとね」

そんな話をしながら正門を通り抜けたところで、急に騒がしい声が耳にはいった。

雛といっしょに足を止めて声のしたほうを見れば、愛蔵と勇次郎がファンの子たちにかこまれている。

内田マネージャーの車はそばに停まっているが、まだ乗っていない。

ファンの子にサインをねだられていた二人が、チラッと視線をむけてきた。

その瞬間、ひよりは顔を強ばらせ、足もとにドサッと鞄を落とす。

（二人とも不機嫌になってる～～!!）

口角のあがりかたでわかる。

あれはすこぶる機嫌が悪いけれど、笑顔でファンサービスをしている時の顔だ。

愛蔵と勇次郎はファンの子たちに愛想良く手をふって、車に乗りこんだ。

パタンとドアがしまり、内田マネージャーの車は急加速して遠ざかっていく。

「ひよりちゃん？　どうかした？」

冷や汗をたらしながらかたまっていると、雛がヒョイと顔をのぞいてきた。

「あ、あの……瀬戸口先輩、うち、これからバイトがあって……」

「遅刻しそうなの？　それなら言ってくれればよかったのに。早く行かないと！」

「すみません！」

ひよりはガバッと頭を下げ、鞄を拾ってダッシュした。

もう少し、雛と話をしていたかったけれど仕方ない。

少し先の道の角を曲がり、素早く左右をたしかめる。

細い脇道にはいると、公園のフェンスのそばに先ほどの内田マネージャーの車が停まっていた。

（よしっ、誰も見てない！）

ひよりは車に駆けより、急いで助手席に乗りこむ。

シートベルトをしめると、鞄を抱えたままホッとして息をはいた。


「遅すぎ！」

車が動きだすと同時に、後部座席から愛蔵と勇次郎の不機嫌な声が飛んでくる。

ひよりは「うっ」と首をすくめ、バックミラーに目をやった。

さっきまでの笑顔はどこに消えたのか、二人とも無愛想な顔になっている。


（みんな、こんな二人のことは知らんもんなぁ……）

ファンの子たちは、この二人に理想の王子様的な夢と幻想を抱いているのだ。

これが二人の素だと知られたら、絶対に幻滅されてしまうだろう。

（二人が本当は腹黒だってみんなに知られんように、うちががんばらんと！）

ひよりは使命感に燃えながら、密かにこぶしを握った。

翌日のHRで、ひよりたちのクラスでもようやく体育祭の種目決めがおこなわれた。

高校にはいって初めての体育祭ということもあり、ひよりはワクワクしていたけれど、クラスのみんなは面倒そうな顔をするばかりで話し合いはいっこうに進んでいない。

比較的楽そうな競技はすぐに決まったが、徒競走などはほとんど埋まっていなかった。

千五百メートル走と、混合リレーに張り切って手をあげたのはひよりだけだ。


（みんな、体育祭……きらいなんかなぁ？）

ひよりは雑談ばかりしているまわりのクラスメイトを、キョロキョロしながら見る。

二学期になってすぐ席がえがおこなわれたが、席はあいかわらず勇次郎と愛蔵の近くだ。

『今度こそ、二人と離れた席になりますように』と、神社にお参りしてお願いしたというのに、席決めのくじを引いてみれば二人は両隣。縦ならびの席が横ならびになっただけだ。

どうしてか、神様は試練を与えるのが好きらしい。

隣を見れば、勇次郎は話し合いに参加する気がないのか、机につっぷして寝ている。

それを見た女子たちが、「かわいい～」と話しながらクスクス笑っていた。

愛蔵のほうは前の席の男子と話をしているところだった。

「柴崎、なにに出るんだよ？」

「べつになんでもいいけど」

頬杖をつきながら、やる気がなさそうな声でそう答えている。

（柴崎君も染谷君も、せっかくの体育祭なのになぁ……）

二人とも、学校行事には積極的に参加したことがない。仕事が大変だから、極力余計な体力を使わないようにしているのかもしれないが、それはもったいない気がする。

せっかくの学園生活なのに、楽しまなければ損だ。

「決まらなかったら、放課後も居残りなー」

椅子に座っていた明智先生がそう言うと、「えええーっ」と声があがる。

「じゃあ、俺、リレーでいい」

愛蔵が片手をあげて言った途端、「私も！」、「あ、ずるーい。それなら私も！」と、女子たちが次々に手をあげはじめた。

「女子ばっかり立候補しても仕方ないでしょ。これ、男女混合リレーなんだから！」

体育祭実行委員の女子が、黒板に名前を書きながら声を大きくする。

それも、騒々しい声に半分ほどかき消されてしまっていた。

「あー……わかった。後はセンセーが決めます」

明智先生が、やれやれとばかりに椅子から立ち上がった。

「えぇぇぇぇ――っ!!」

「そうしないと、いつまでも決まんないでしょーが」

黒板の前にいくと、明智先生はチョークを手にとって名前を書きこんでいく。

「なんで、私が千五百!?」

「ちょっ、勇次郎君もリレーじゃん! リレーずるい――!!」

不満そうな声が、あちこちからあがる。

それを聞いていた愛蔵が、「えっ!?」と一瞬いやそうな声をもらした。


「……なに?」

ノソッと頭を起こした勇次郎が、黒板のほうを見る。

寝ぼけているのか、いつもよりも声が低い。

自分がリレーメンバーに選ばれていることにようやく気づいたのか、「……は?」と不機嫌な声をもらしていた。

「サイアク……」

そのつぶやきが聞こえたのは、席が近かったひよりだけだろう。

「そーゆーことで、体育祭実行委員の人はこれ、後で清書して提出してください」

明智先生はコンッと黒板を叩き、「じゃ、ホームルーム終わり」と笑みをつくる。

ほとんど同時にチャイムが鳴りだし、日直が号令をかけた。

体育祭当日。午前中は小雨が降る時もあったが、午後からは晴れ間がのぞき、順調に競技がおこなわれていた。残す競技は、男女混合リレー決勝とダンスのみだ。

メインイベントだけに、各クラスの応援の声にも気合いがはいっている。

スタートラインの前には、リレーに出場する生徒たちが集まっていた。

キョロキョロしていたひよりは、雛の姿を見つけて、「あっ」と声をもらす。

いっしょにいるのは、雛のクラスのリレーメンバーだろう。

（やっぱり、瀬戸口先輩はすごいなぁ。先輩のクラスが予選一位だもんなぁ）

午前中におこなわれた混合リレーの予選で、雛はトップのまま次の走者にバトンを渡していた。さすが、桜丘高校女子陸上部のエースだ。

尊敬の眼差しを雛にむけながら、ひよりはギュッと手をにぎった。

「うちも、転けたり、抜かれたりせんようにしないと！」

後輩として大好きな先輩に、恥ずかしいところは見せられない。


その近くで、明智先生が数学担当の先生と向き合っている。

「明智先生、今回の優勝はうちがいただきますから。去年までとは、違いますからね！」

数学担当の先生が自信満々に言いながら、クイッと眼鏡の縁を指で押し上げる。

「いやー……どうでしょうね。多分今年もうちがもらうことになると思いますけど」

明智先生は白衣のポケットに両手をしまったまま、ニコーッと笑っていた。

（明智先生、けっこう負けずぎらい……）

普段はのんびりしているように見えるのに、意外な一面だ。

「アリサちゃーん。俺、一生懸命走るから応援よろしくー！」

軽そうな口調で言いながら、二年の先輩がひよりのすぐ横を通りすぎる。

明るい髪色で、長めの前髪をピンでとめている人だ。かなりかっこいいから、まわりの女子たちがパッと振り返っていた。

「クラス違うでしょ！」

そう言い返している女子の後を、ニコニコしながら追いかけていく。

（榎本先輩とよく話してる先輩だ……）

サッカー部の試合の応援にきていたし、練習を見ながら冷やかしたりしていることがある。

「そーだぞ、シバケン」

と、雛といっしょにいた虎太朗が呼ぶ。

『シバケン』というのが、あの二年の先輩の愛称らしい。

「アンカーなんだから、ちゃんと走れよ」

体操服の襟をつかまれたシバケンが、「え～？」とゆるい笑みを浮かべた。

「虎太朗こそ、抜かれないでよね～～」

「はぁ!? 俺は絶対、そんなヘマはしねー！」

雛にからかわれた虎太朗は、ムッとしたようにそう言い返していた。

(瀬戸口先輩のクラス、楽しそうでいいなぁ)

他(ほか)の競技でもクラスで団結していた。総合得点でも、雛のクラスが一番だ。

(うちのクラスは大丈夫(だいじょうぶ)なんかなぁ……)

ひよりは心配になり、集まっているクラスの混合リレーメンバーを見る。


「勇次郎、今回だけは絶対、手を抜くなよ。俺、本気で優勝狙(ねら)ってるから!」

愛蔵が勇次郎の肩(かた)をグイッと引きよせて、真剣(しんけん)な顔で言うのが聞こえた。

二人ともはちまき姿が似合っていて、応援席のほうからキャーキャーと声があがっている。

「……なんで?」

「なんでもなんだよ!! とにかく、俺は絶対、意地でも勝つ!!」

こぶしをふりあげながら愛蔵が宣言すると、クラスの男子たちが「おお!」と拍手(はくしゅ)していた。

(柴崎君、急にやる気満々だ! な……なんでかわからんけど)

ひよりは「うちも、負けられん!」と、気合いをいれる。

「なに熱くなってんの？　一年が」

「アイドルだかなんだか知らねーけど、女子にかこまれていい気になってんなよ」

「チャラチャラしたヤツが、まともに走れんのー？」

近くにいた三年の先輩たちが、わざと聞こえるようにいやみを言って笑っている。


その声に、ひよりの耳がピクッと反応した。

（なにを〜〜っ!!）

たしかに、二人は人一番サイテーではあるが、人一倍努力もしているのだ。

それを知らないくせに、と言い返したいところだが相手は三年の先輩だ。マネージャー見習いの自分が、率先してもめ事を起こすわけにはいかない。

それに、二人だって相手にしないはず――。

ふと、隣を見れば愛蔵と勇次郎がこわい顔になって、先輩たちをギッとにらみつけていた。

言わなくても、その顔には『ひねりつぶす！』と書いてある。

（わあああっ、この顔は禁止〜〜!!）

ひよりは二人の顔をなんとか隠そうと、ピョンピョンとその場で跳びはねた。

そうだった。二人とも負けずぎらいで、すぐに熱くなる性格だ。

とはいえ、こんな顔をファンの子たちに見られたら、ドン引きされてしまうだろう。

「なにやってんの？　ひよりん」

「え⁉　えーと……準備運動⁉」

とっさにそう答えると、まわりにいたクラスのみんなが笑いだした。

「ひよりん、おもしろーい」

「張り切りすぎ！」

そう言われて、「あはは……」とぎこちなく笑ってごまかす。

（こ……これも、マネージャー見習いの仕事！）

応援席から声援や歓声があがり、吹奏楽部の演奏がすっかり晴れている空に響く。

放送部が実況をおこなうなか、混合リレー決勝では第三走者までバトンが渡っていた。

トラックを一周したところで第四走者にバトンが渡る。

トップは三年生のクラスだったが、虎太朗にバトンが渡ると、あっという間に三年生を抜き去ってリードを広げていた。


急に女子の歓声が大きくなったのは、勇次郎にバトンが渡ったからだろう。

「キャアア——ッ、勇次郎君、がんばってー!!」

そんな声が、学年クラス関係なく、あちこちからあがっている。


ひよりは心臓の音に合わせるように、トントンと軽くジャンプした。

勇次郎と三年の先輩が、僅差でコーナーを曲がったところだった。

三年の先輩は追い抜かれまいと、必死になっている。

勇次郎の顔からも、いつものような余裕の笑みが消えていた。


「染谷君!!」

ひよりは思わず大きな声で呼ぶ。

バトンを渡したのは、三年の先輩のほうがわずかに早かった。

勇次郎が手を伸ばしてひよりにバトンを渡そうとする。その唇が、「ごめん」と小さく動いた。

「うん！」


ひよりはバトンをしっかりと、受けとりながら、前をむく。

勇次郎は面倒そうにしながらも、みんなが期待している時には絶対に手を抜かない。

マラソン大会の時もそうだった。苦手でも逃げない。

汗ダクになりながらも、ちゃんと最後にはゴールしていた。

今回もそうだ。だから──。


「ひよりーん、がんばれー!!」

クラスの応援席から、声援が飛んでくる。

ひよりは三年の先輩を抜いて、トップを走る雛の背中を全力で追いかける。

「おおおーっ、あの一年すげー!!」

応援席の誰かが、そんな声をあげていた。

最後のコーナーを曲がったところで、雛がアンカーのシバケンにバトンを渡すのが見える。

「涼海!!」

愛蔵が手を伸ばして呼ぶ。

地面を力一杯蹴って、ひよりは手を伸ばした。

バトンを渡すと、愛蔵が前をむきトップのシバケンを追うように走る。

勢いあまったひよりは、足がもつれてそのままドサッと転がった。

沸き起こった歓声にハッとして顔をあげると、愛蔵がシバケンに迫る勢いでコーナーを抜けるところだった。

ひよりはあわてて立ち上がり、グラウンドの中央に移動する。

他のリレーメンバーたちも、みんなそこに集まって応援していた。

「愛蔵君――――!!」

「がんばって――!!」

応援席が、「ワアア――ッ」と盛り上がっている。

愛蔵がシバケンに追いついたのは、ゴールわずか手前だ。

愛蔵が体半分ほど先にゴールテープを切る。

歓声があがるなかで、愛蔵は思わずというように笑顔でガッツポーズをつくっていた。

僅差で抜かれたシバケンのほうは、腰に手をやりながら「はぁ～」と、息をはいている。

(あの先輩も速かったなぁ……)

ひよりは少し驚きながら、その姿を見ていた。

リレーメンバーにかこまれた愛蔵は、嬉しそうな顔をしている。

男子たちがよってたかって髪をクシャクシャにしようとすると、「やめろって！」と言いながらあわてて避けていた。

その近くでは、勇次郎が腰に手をあてながら下をむいている。

珍しく、『疲れた』というような顔だ。

（二人ともなんだかんだいって、ちゃんとやってくれるんだよね）

それが、ひよりはなんだか嬉しかった。

『リレー出場者は全員、ゴール前に集合してください』

放送を聞いて移動すると、愛蔵と勇次郎もやってくる。

「ふーっ、しんどかった」

愛蔵がそうもらしながら、Tシャツのえりをつかんで暑そうにあおぐ。

ふと顔を見合わせた三人は、ニカッと笑ってハイタッチした。

その瞬間、まわりにいたクラスの女子たちが、「え⁉」と振り返る。

(し……しまった〜〜〜‼)

ひよりはバッと両手をおろした。

愛蔵と勇次郎も気まずい顔で、スッと離れていく。

ついノリでやってしまったけれど、ここは学校だ。

女子たちが、『なんで、この二人が⁉』というようにジリジリと距離をつめてくる。

(ひ、ひええ〜〜っ、うちの平和な学園生活が……!)

ひよりは逃げ腰になりながら、後ろにさがった。

ファンの子たちに目をつけられたら、色々と困ることになるだろう。


「私も────‼」

「ずるい、私も─────‼」

ひよりを邪魔とばかりに弾き飛ばした女子たちが、愛蔵と勇次郎のもとに押しよせる。

二人は微妙に笑顔を引きつらせながらも、せがまれて次々とハイタッチしていた。

それを応援席で見ていた女子たちまで、駆け寄ってくる。

みんな、実は密かにタイミングを見計らっていたらしい。

おかげで、ひよりのことはすっかり忘れられたようだった。

(な、なんとか……助かった！)

ふらつきながらその場を離れると、胸をなでおろした。

その横を、シバケンが女子の後を追いかけながら通りすぎていく。

「ごめーん。抜かれたわー。どっかの生意気な一年に」

「おバカ……」

すれ違う時聞こえてきたのは、そんな会話だ。

『これより、閉会式をおこないます。体育祭実行委員は本部前に集合してください』

放送が聞こえて移動しようとした時、「ちょっといい？」と声をかけられた。

ひよりが振り返ると、眼鏡をかけた背の高い男子がニコッと笑みをつくって立っていた。

虎太朗とよくいっしょにいる、二年の先輩だ。

ジャージの袖につけているのは、新聞部の腕章だった。

ひよりは緊張しながら、「は、はい！」と返事した。

「新聞部の山本幸大です。インタビューさせてもらっていい？」

幸大がボールペンと手帳を準備しながらきく。

「インタビュー⁉　うち……にですか⁉」

「うん、リレー優勝おめでとう。すごかったね。さすが、瀬戸口さんの後輩」

「ありがとうございます！　瀬戸口先輩はとっても尊敬してます！　大好きです‼」

ひよりは照れて顔を赤くしながら、ピンッと姿勢を正した。

「今回の感想、よかったら聞かせてもらえる？」

「楽しかったです！」

「えーと……もうちょっと、くわしくお願いできるかな？」

「すごく、すごく、楽しかったです‼」

それ以外に思いつかなくて、ひよりは元気いっぱいに答える。

少しばかり目をまるくした幸大は、「よかったね」と表情を和らげた。

「はい‼」

ひよりは返事して、ニコーッと笑った。

「ありがとう。明日の号外、よかったら目を通してみて」

幸大は写真を一枚撮影すると、そう言い残して離れていく。

愛蔵と勇次郎にもインタビューするつもりなのだろう。

すっかりハイタッチ会のようになっている二人の前で、女子たちが長蛇の列をつくっていた。

勇次郎も愛蔵も、さすがに疲れ気味な笑顔だ。

その様子をながめながら、ひよりは「フフッ」と笑った。

「真剣になった時の二人は、ちょっとだけかっこよかったかも……」

heroine 2 ～ヒロイン2～

いつか出会う王子様
どこで何をしてるの？　神様

heroine 2 ～ヒロイン2～

十月最初の日曜日、ＣＭの撮影がおこなわれた。

撮影に使われたのは、都心から少しはなれた場所にある私立高校の校舎だ。

学校が新築移転したために、この校舎は使われていない。来月には取り壊される予定だが、その前に学校側の許可をとって撮影に使わせてもらうことにしたようだ。


早朝から、ひよりはスタッフといっしょに掃除をしたり、机や椅子を運びこんだりとあわただしく走りまわっていた。

ようやく教室らしいセットが整ったところで、勇次郎とヒロイン役の子がはいってくる。

舞台は学校だから、二人とも制服風の衣装だ。

ひよりは段ボール箱や紙袋を抱えたまま、その様子をはなれたところでながめていた。

（今回のヒロイン役の子もかわいいなぁ……）

小顔で目がパッチリしていて、髪がサラサラしている。

ひよりは、段ボール箱を落とさないようにしながら、自分の髪をちょっとつまんでみた。

朝、急いでとかしてきただけだから、作業をしているあいだにすっかりボサボサになってしまっていた。

（そういえば……こっちにきてからカットとかしてもらってないかも）

夏休みに一度いこうと決意して、アパートの近くでみつけた美容院をのぞいてみたものの、窓から見えたオシャレな店内の様子に気後れしてしまい、けっきょく逃げ帰ってきた。

伸びてきたところは自分で鏡を見ながらきっているから、前髪が少々不ぞろいだ。

ヒロイン役の子は、勇次郎とならんで楽しそうにおしゃべりしている。

勇次郎のほうも、爽やかな笑みを浮かべたまま話を合わせていた。

それを見つめるヒロイン役の子の瞳が、心なしかうっとりしている。

（うちも、もうちょっと……かわいくカットしてもらおうかな？）

手でなでてみたが、ピンと上むきにはねている前髪はもどりそうもない。

髪を整えてみたところで、急にヒロインのようにかわいくなれるわけでもないだろう。

それに、今はそんなことを気にしている時でもない。

「さ、仕事、仕事」

ひよりは急ぎ足で、出入り口にむかおうとした。やることは山ほどあるのだ。


その時、不意に聞こえたのは、「キャーッ、こわい!」という悲鳴だ。

足を止めてふりむくと、ヒロイン役の女の子が飛んできた蜂(はち)を避(よ)けながら勇次郎の腕(うで)にしがみついている。

(なんだ、蜂かぁ……)

半開きになった窓からはいりこんだのだろう。

蜂が目の前を横切ると、勇次郎はわずかに顔を強(こわ)ばらせていた。

その陰(かげ)に隠(かく)れるようにしながら、ヒロイン役の子が「キャーキャー」と、騒(さわ)いでいる。

びっくりしているのは蜂のほうだろう。


「なーに、ぼさっとしてんだよ」

遅(おく)れて教室にはいってきた愛蔵に、頭をペシッとチョップされた。

勇次郎と同じ制服風の衣装だったが、撮影前なのでネクタイはゆるめている。

「あれ、どーにかしろ」

「ええっ、うちが⁉」

「一番、ヒマしてんだろ」

「ヒマってわけじゃ……」

まわりを見れば、スタッフの人たちはみんな撮影の準備に追われていていそがしそうだった。

(たしかに、うちが一番、ヒマ……かも)

「刺されんなよー」

愛蔵はズボンのポケットに両手をしまって、ひよりに背をむける。

スタスタと歩いていく愛蔵の背中を見ながら、ひよりはため息をついた。

(……そんなこと言うなら、自分で追い払えばいいのに)

とはいえ、これも仕事だ。

スタッフたちに追い払われた蜂は、あわてたように廊下のほうへと飛んでいく。

ひよりは教室をでると、蜂を追ってパタパタと隣の教室にむかった。

そこは休憩室として使われているから、あとで勇次郎や愛蔵、それにヒロイン役の子ももどってくる。放っておくわけにはいかないだろう。

教室にはいると、ひよりは抱えていた段ボール箱や紙袋を床におろした。

どこだろうとさがしていると、天井のほうから羽音が聞こえる。

見上げると、蜂が蛍光灯のあたりを飛びまわっていた。


「染谷君も、蜂……苦手なんかな」

ひとり言をもらしながら、教室内を見まわす。

使えそうなのは、テーブルの上におかれている雑誌くらいだ。

黒板にとまった蜂は、そのままじっとしている。

丸めた雑誌で軽くパシッと叩くと、目をまわしたのかポタッと下に落ちた。

それをハンカチで拾い、窓をあけて逃がしてやると、蜂はフラフラしながら飛んでいく。


「大騒ぎすることもないのになぁ」

クルッと後ろをむいたひよりは、すぐ後ろに立っていた勇次郎を見て、思わず「わぁ!」と声をあげた。

びっくりしたせいで、肩がビクッと跳ねる。

「染谷君、い……いつの間に⁉」

「今、人の写真が表紙に載ってる雑誌で、思いっ切り蜂をぶったたいてたよね？」

「……え⁉」

丸めていた雑誌をおそるおそる開いてみると、表紙にドーンッと掲載されているのは愛蔵と勇次郎の写真だった。

（ほんとだ～～‼）

「それ、今日もらったばかりの見本誌だから、まだ僕らも読んでないんだけど？」

「これは、つまり……えーと、そこにおいてあって……！」

ひよりは雑誌で顔を隠しながら、「わ、わざとじゃないんよ？」と声を小さくする。

雑誌をさげてチラッと見れば、勇次郎がジトーッとした目で見ていた。

「ごめんなさいっ‼」

ひよりはプルプルとふるえる手で、雑誌を差し出した。

「まったく……ムダだったし」

あきれた顔で言いながら、勇次郎はひよりの手から雑誌を抜きとる。

ドアにむかう勇次郎が右手に持っているのは、蜂退治用のスプレー缶だ。

（もしかして……心配して来てくれたんかな？）

仕事中も学校でも素っ気なくて、ひよりのことなど気にかけていないようなのに。

ひよりは勇次郎がでていったドアを、少しのあいだ見つめていた。

そのうちに、廊下のほうからスタッフの声が聞こえてきた。

そろそろ撮影が始まる時間だろう。

「うちも、もどらんと！」

ひよりは窓を閉めると、急ぎ足で隣の教室にむかった。

その日の夜、ひよりはアパートの部屋で雑誌をながめていた。

テレビで流れているのは音楽番組だ。『LIP×LIP』の二人がでるから、マネージャー見習いとしては見ないわけにはいかない。

女子アイドルグループが歌うのを聴きながら、ページをめくる。

二人が表紙になっている雑誌だ。

勇次郎が見本誌をもらっていたのを見て本日発売だと知り、帰りに書店で買ってきた。

二人のインタビュー記事に目を通しながら、マグカップに手を伸ばす。

ヒロイン役の女の子と楽しそうに撮影していた二人のことを思い出し、ひよりは頬杖をついて小さくため息をついた。

雑誌で特集されている『脱モブ女子宣言！』という記事のところで、ページをめくる手が止まる。秋流行のコスメや、ファッション、メイクの仕方など色々と紹介されている。

「今日からヒロインになる、かぁ……」

目立つキャッチコピーを見ながら、紅茶を一口飲んでマグカップをおく。

思い返してみれば、ひよりは今まで一度も男子からちやほやされたことがない。

小学生のころはいじめっ子の男子と取っ組み合いのケンカをしていたし、中学の時は陸上一筋。クラスの女子たちと恋愛の話で盛り上がることはあっても、自分が恋に落ちることなんて考えもしなかった。

男子にモテるのは、いつだってかわいい女子ばかり。

ひよりはからかわれることはあっても、『かわいい』なんて言われたことは一度もない。

しょせん、ただのその他大勢でしかないモブ女子だ。

少女漫画なら、ページの片隅にチラッと登場するだけのクラスメイトの一人。

セリフもなし。名前もなし。そんな役どころだろう。


(うちにも、王子様、現れんかなぁ……)

一度くらいヒロインになって少女漫画みたいな恋がしてみたい。

モブ女子だって、そんな夢をみてもいいはずだ。

どうせ、現実では叶うことなんてない。

妄想のなかなのだから、思いっきり理想をつめこんでみる。


(かっこよくて、優しくて、素敵な人がいいなぁ……スポーツも得意で、勉強もできて)

もちろん、イジワルな性格ではないし、芋女なんて呼んだりしない。

正真正銘の、王子様みたいな人だ。

そんな人に一度でもいい。

『君のことが、一番好きだよ』

なんて、言ってもらえたら――。

ひよりは座卓につっぷし、うつらうつらしはじめる。

テレビでは、LIP×LIPの曲が流れ始めていた。

照明が落とされた大きなライブ会場のステージ上で、四人が圧巻のパフォーマンスを見せる。

それが、正面の大型モニターに映しだされていた。

エレクトロニックな曲に合わせて、観客全員が飛び跳ねている。

手をふるたびに、その腕につけているリストバンドが赤や青に色を変えていた。

今日、ひよりがきているのは、『Full Throttle4』、通称『FT4』という人気急上昇中のダンスボーカルユニットのライブだ。

事務所のマネージャーに『勉強になるから』とすすめられ、勇次郎と愛蔵の付き添いとして同行していた。

二人とも地味な服装で、帽子と眼鏡で変装しているから、今のところ気づく人はいない。

大型モニターに映る四人を、二人は真剣な表情で見つめている。

その隣で、ひよりは他の観客たちといっしょにピョンピョンと跳びはねていた。

FT4のライブにきたのは今日が初めてのことだ。彼らの曲を聴いたのも、実を言うと初めてだった。


(かっこいい!!)

会場の熱気がすごくて、のみこまれそうだ。

(すごく……すごくかっこいい!!)

つい仕事だということを忘れて、他の観客といっしょに手をふりあげながら「キャーッ!」と、歓声をあげる。

ライブが終わっても余韻が抜けなくて、しばらく足もとがフワフワしていた。

「マネは?」

「車停めて待ってるって」

愛蔵と勇次郎が、通路にでながらそう話をしている。

その後ろを、ひよりは少し遅れながらついて歩いていた。

「なにしてんだ、いくぞ」

ふりむいた愛蔵に言われて、パチンと目が覚めたように我に返る。

「ま、待って〜」

あわてて追いかけようとしたが、二人とも歩くのが速くて追いつけない。

フォトスポットの前でもたもたしていると、会場からでてきた人たちが押しよせてきた。

夢中で写真撮影を始める人たちに弾き飛ばされてしまい、ドサッと通路のすみに転がる。

倒れたまま、ひよりは「うう〜っ」と小さくうなった。

（ファンの人たちのパワーってすごい……！）

起き上がろうとした時、スッと差し出された手におどろいて顔をあげる。

目の前で片膝をついているのは、鼻筋の通った端整な顔立ちの男子だった。

「大丈夫？」

優しくほほえみかけてくる相手の顔から、ひよりは目が離せなくなる。

この人のまわりだけ、キラキラと輝いているように見えた。

おまけに、フワッといい匂いがする。

返事をするのも忘れて見とれていると、彼はひよりの手をとって引っ張りあげながら、自分も立ち上がった。

「ケガ、してない？」

そうきかれ、ひよりはハッとして大きくうなずいた。

びっくりしたせいか、心臓の鼓動が少し速くなっている。

「あっ……ありがとうございました！」

全部が紳士的で、物腰も柔らかい。ひよりが知っている男子たちとはまったく違う。

(王子様みたいな人だぁ〜！)

ひよりはペコッと頭をさげた。

「君、一人？　誰かといっしょ？」

「人といっしょなんですけど……」

愛蔵と勇次郎はもうとっくに先にいってしまったのだろう。見まわしても姿が見えない。

「俺もなんやけど……はぐれたみたいで。人が多いから、さがすの大変やな」

苦笑しながら、彼は携帯をとりだす。

「星空のやつ……どこいったんやろ」

連絡をとりながら、困ったようにそうつぶやいている。

その時、会場の出入り口のほうから、「あーっ、いた！」と大きな声が聞こえた。

愛嬌のある笑顔で駆け寄ってくるのは、クリッとした瞳の男子だ。

「星空！」

「なに、迷子になってんの——！　俺、めっちゃさがしたよー」

「それは星空のほうやろ。忘れ物とかしてへんやろな？　財布とか携帯とか、落としてない？」

星空という連れの男子は、「してない、してない」と上機嫌に首をふる。

「ほんまかな。後で気付いても知らんよ？」

「だって、俺、財布も携帯も最初っから忘れてきたー！」

あっけらかんと笑っている星空を見て、彼は「はぁ……だる」と、ため息をついていた。

「前っち、どこおるん？」

「星空さがしてるよ。まったく……」

（二人とも、関西からきた人なんかな？）

ひよりが見ていると、彼がふりかえった。

「君は大丈夫？　いっしょにきた人、見つかりそう？」

「はい、大丈夫です！」

「じゃあ……気を付けてな」

笑顔で言うと、彼は連れの男子を引っ張っていく。

「なーなー、今の子、誰ー？　ナンパしたん？」

「するわけないやろ。そういうこと大声で言うの、ほんまやめて」

「あっ、前っちおるやん。前っち〜〜！」

「恥ずかしいから、叫ぶなって言うてるやろ！」

立ち去る二人の会話が、まわりの騒がしい声にまじって聞こえてくる。

ひよりがポーッとなったまま突っ立っていると、「いたっ！」と声がした。

「なにやってんだよ！」

怒ったように言いながら、ひよりの袖をグイッと引っ張ったのは愛蔵だ。

「なに、迷子になってんの？」

遅れてやってきた勇次郎も、「まったく……」というような顔になっている。

「見つけたかも」

ひよりはドキドキしている胸にバッグを押しつけながら、うっとりしてそうつぶやいた。

「……は？」

「なにを？」

愛蔵と勇次郎が、怪訝な顔をする。

『うちの王子様――』

翌週の学校帰り、ひよりがふらっと立ち寄ったのは駅の近くにある書店だ。

何度か店の前を通ったことはあるが、はいったのは今日が初めてだった。

書棚には海外小説の翻訳版や、ＳＦ小説、ミステリーなど、おもしろそうなタイトルの本がズラッとならんでいる。

（都会の書店って大きいなぁ……それに、本もたくさんあるし）

「モルモットの逆襲（ぎゃくしゅう）……？」

タイトルが気になって、本を一冊手にとってみる。

内容が想像できないが、ポップには『書店員、イチオシ！』と書かれている。

あらすじに目を通していると、「なにか、おさがしですか？」と声をかけられた。

ふりむいたひよりは、びっくりして思わず手にしていた本を落とす。

目の前にいるのは、先日のＦＴ４のライブで助けてくれたあの人だ。

（うちの王子様〜〜〜‼）

思わず声をあげそうになり、バッと両手で自分の口をふさぐ。

あわてて本を拾おうとしたが、彼のほうが先に手を伸（の）ばした。

「また、会えたね」

本を拾い上げると、彼はそう言ってニコッとほほえむ。

あの時と同じで、見とれたくなるくらいにかっこいい。

ポーッとしていると、彼は「あれ？」と、首をかしげてひよりの顔をのぞきこんできた。

「もしかして……覚えてない？」

「お、覚えてます!!」

ひよりは我に返り、あわてて返事する。

「よかった。もしかしたらって思って声かけたから……違ってたらどうしようって思って」

首の後ろに手をやりながら、彼は少しホッとしたような表情になった。

（うちのこと、覚えててくれたんだ。ちょっと話しただけだったのに……！）

そのうえ、こうして声をかけてくれた。

それが嬉しくて、どうしようと思うくらいに心臓の音が大きくなる。

「あ……あの、どうしてここに!?」

「ここでバイトしてるんよ」

補充をしている最中だったのだろう。彼は両腕で本を抱えていた。それに書店のエプロンを身につけている。

「……でもびっくりした。偶然やな」

「はい！」

もう一度会いたいと思っていたけれど、こんなふうにまた会えるなんて思ってもみなかった。

彼は手にしていた本を、「はい」とひよりに渡す。

「それ、すごくおもしろかったから。よかったら読んでみて。俺のおススメ！」

ニコッと笑った彼に、胸がキュンッとした。

こんなことは、少女漫画を読んだ時以来だろう。

ひよりは離れていく彼の姿をうっとりと見つめたまま、『モルモットの逆襲』というタイトルの本を抱きしめる。

「この本……買っていこう！」

日曜日、再び書店に足を運んだひよりは、書棚の陰に隠れながらキョロキョロしていた。

さがしているのは、先日会ったあの人だ。

バックヤードから雑誌を抱えてでてきた彼の姿を見つけると、あせって顔を引っこめた。

（どうしよう……また、書店にきちゃったんだけど……）

落ち着きなくその場で足踏みしてから、もう一度そっと通路のほうをのぞいてみる。

棚に雑誌をならべていた彼が振りかえるのと、ほとんど同時だった。

目が合うと、彼は笑顔でひよりのほうにやってくる。

（わっ、わっ、こっちにくる‼）

緊張してオタオタしていると、「こんにちは」と声をかけられた。


「こ、こんにちは……！」

ひよりはそばに積まれていた本をあわてて手にとり、それで顔を半分隠す。

挨拶されただけなのに、もうすでにドキドキしていた。

「今日もきてくれたんやね」

「は、はい！　この前、すすめてもらった『モルモットの逆襲』がおもしろかったから！」

（またきたって、思われたかなぁ……？）

心配になって、ひよりは本を少しだけ下げて彼の表情を確かめた。

「読んでくれたんや」

嬉しそうな彼に見とれて、ひよりは気づくとまたポーッとなっていた。

優しくて、紳士的で、まさに少女漫画にでてくるような理想の王子様だ。

（もし、うちがヒロインだったら……）

『私、初めて会った時から……すっ』

思い切ってそう告白しようとするひよりの唇に、彼がそっと人差し指を押し当てる。

『その先は僕に言わせて』

とろけそうになるくらい優しくて甘い笑みを浮かべる彼に、ひよりの胸がトクンッと鳴る。

(な、なんて、あるわけないけど……うち、ヒロインじゃなくて、モブ女子だし!)

自分の妄想に赤くなっていると、「好きなん?」と聞こえてきた。

ひよりはドキッとして、横にいる彼を見る。

「えっ、う、うちがですか!?」

動揺がそのまま声に出てしまった。

「シェイクスピアの本、持ってるから」

彼はひよりが持っている本を指さしてそう言った。

(本の話かぁ。びっくりした)

ドキドキしすぎて、速くなった心臓の音もしばらくは落ち着きそうにない。

「あんまり読んだことなくて……!」

「おもしろいよ。有名な話も多いし」

「この本も？」

ひよりは自分が手にしていた『ハムレット』というタイトルの本に目をやる。

「ああ……うん。それも有名やね。よく舞台とかでもやってるし……」

彼は「でも、それは復讐劇やから……」と、つぶやくようにもらした。


「こっちのほうがおもしろいと思うよ？　恋愛物語やから」

本棚から選んだ本の表紙を、ひよりにむける。

「あっ、ロミオとジュリエット！」

「読んだことある？」

きかれて、プルプルと首をふった。けれど、タイトルくらいはひよりも知っている。

「俺の好きな物語。よかったら、読んでみて」

「はい!!」

他の店員に呼ばれた彼は、「じゃあ、また」と笑顔で離れていった。

『永遠に語り継がれる、運命の恋――』

そう帯に書かれている本で、ゆるみそうになる口もとを隠す。

やっぱりこれは恋だ。

やっと会えた王子様――。

「まずは、名前を知ることだよね！」

ひよりは「よしっ！」と、本を手につぶやいた。

アパートにもどると、さっそく買ってきたばかりの本を開いて読み始める。

ロミオとジュリエット。

敵対する家同士の二人が、恋に落ちる物語。

読んでいると、切なくて、胸がしめつけられるし、キュンとする。

読み終わると、「うーん」と声をもらしながらラグマットに転がった。

もどかしくて、あしをバタバタさせてから、ガバッと起き上がる。

ライブで出会って、それから書店で偶然の再会。
これが少女漫画なら、色々障害もあるけれど最後は両想い。
『ずっと、幸せに――』
なんてベタすぎる。
でも、ベタでいい。むしろ、ベタがいい。
すぐにくっついちゃえばいい。
ひよりは本を高く掲げながら、ペラペラとページをめくった。
『俺の好きな物語……』
そう言われて、あの後すぐに買ってきたあの人おススメの本。
「やっと会えたんだもん」
これは、きっと神様がモブ女にくれた一生に一度のチャンスだ。

やっぱり——。

悲劇なんていらない。

最後は涙よりも笑顔で。

この恋は、ハッピーエンドにする。

「よしっ、がんばるぞーっ!!」

ひよりは頬をゆるませながら、大の字に寝転がった。

染谷 勇次郎
自分の価値は
自分で示せば？
柴崎 愛蔵
そんなこと
言わんくても！
芋女！
また会いたいなんて
願ってるだけでした

heroine 3 ～ヒロイン 3～

名前なんて聞けるはずない

＊♪ heroine3 ～ヒロイン3～ ❀♫⚘

土曜の午後、ひよりはパーカーに着がえると、すぐに自転車で書店にむかった。

（もっとかわいいかっこう、したかったなぁ……）

クローゼットから服を引っぱりだしてみたものの、持っているのはパーカーやトレーナー、それとヨレヨレのセーターくらいだった。

ワンピースやスカート、ブラウスやカーディガンなんて一着も持っていない。

（今度、アルバイト代がはいったら、絶対かわいい服買おう！）

そう決意しながら、グッとペダルを踏みこむ。


書店にはいると、ひよりは落ち着きなく店内を見まわした。

（あの人……今日、いるかなぁ）

レジカウンターにいるのは女性の店員だけだ。

奥のほうに移動すると、在庫チェックしていた彼の後ろ姿を見つける。
この前と同じ白いシャツとズボン姿で、書店のエプロンをつけていた。
ひよりはあわてて書棚の陰に隠れ、ドキドキしている胸に手を当てる。
（今日こそ、名前をきく!!）
この前はせっかく話しかけられたのに、うっかり確かめるのを忘れていた。
まずは、最初の一歩――。
ひよりは「えいっ！」と、思い切って足を踏みだす。
「あの、すみません!!」
そう、声をかけたのはひよりではない。他校の制服を着た女子だった。
先を越されて、ひよりはあわてて棚の陰に引き返した。
「はい？」
振り向いた彼に、その女子は顔を赤らめながら話しかけていた。
本の場所でも聞いたのか、二人はいっしょに別の棚のほうへと歩いていく。

「……タイミング、悪かったかなぁ」

ため息まじりにつぶやいてから、ふと横を見れば、ひより以外にも隠れて様子をうかがっている女子がいた。あたりを見まわしてみれば、一人や二人ではない。

彼がもどってくると、みんなが競うように駆け寄っていく。

「すみません、漫画の場所がわからなくて！」

「本の注文をしたいんですけど!!」

とりかこんだ女子たちが、そう次々に話しかける。

（もしかして……みんなうちと同じ!?）

考えてみれば、あんなにかっこいいのだから、女子たちが放っておくはずがない。

これでは、話しかけるどころか近づけもしないだろう。

（やっぱり、うちってモブ……）

落ちこんで下をむきそうになった顔を、グイッとあげる。

「こ……こんなことでくじけんよ！」

ひよりはこぶしをにぎりながら、そうつぶやいた。

翌週の昼休み。

ひよりは教室のはしのほうで、仲のよい友達数人といっしょに弁当を食べていた。

「あっ、このブレスレットかわいい！」

みんなが話題にしているのは、雑誌で紹介されているブレスレットのことだ。

「先輩が持ってたよー。恋が叶うんだって」

「あっ、私も持ってるー」

（恋が叶う⁉）

おにぎりを頬張ろうとしていたひよりは、グイッと身を乗りだす。

「そのブレスレット、見せてもらっていい⁉」

「これだよー」

友達の一人が、腕にしていたブレスレットを見せてくれた。

シンプルなデザインだが、さりげなく花のチャームがついているのがかわいい。

袖のなかに隠してしまえば目立たないから、学校でもつけていられるだろう。

「このブレスレットしてた先輩が、告白して両想いになったって言ってたよー」

みんなの話を聞きながら、ひよりは瞳を輝かせる。

「それ、どこにあるんかな⁉」

「ひよりん、誰か好きな人がいるの？」

ひよりは「え⁉」と、すこしあせって声をあげた。返答に困って、視線が横にそれる。

みんながニヤーッと笑ってよってきた。

「誰、誰⁉　この学校の人⁉　同じクラス⁉」

「部活の先輩じゃない？」

「そ、そんなんじゃなくて〜〜！」

ひよりはタジタジになって、両手を大きくふった。

「白状しろ！」

「本当に……許して〜〜！」

声を小さくして言いながら、赤くなった顔を腕で隠す。

「ひよりん、かわいい！」

「今日放課後、いっしょに買いにいく？」

ひよりはパッと顔をあげ、「うん、いきたい！」と大きくうなずいた。

「じゃあ、帰り、いく人集合ね！」

「クレープも食べたーい」

みんながワイワイと話をしているなか、さりげなく視線を移動させる。

（バイトもないし……）

ギクッとしたのは、女子たちにかこまれていた二人がなぜかこちらを見ていたからだ。

目が合った瞬間、ひよりはバッと窓のほうをむく。

（い、今の会話……聞かれとらんよね!? 席、離れてるし……）

二人に知られたら、どんなふうにからかわれるかわからない。

これは、絶対に秘密だ——。

(今日こそっ!!)

書店に通い始めて一週間目になるが、ひよりはあれから一度も話しかけられていなかった。陰で仕事ぶりを見守ったり、彼が作ったポップを見て紹介されていた本を買うのが精一杯だ。

ポップには、毎回小さなアリクイのイラストが描かれているからすぐにわかる。

他の子たちもそのイラストを目印にして、彼のおススメの本を買っているようだった。

(ライバル、多いもんなぁ……)

書棚の陰に隠れたまま、ひよりは手首につけた『恋が叶うブレスレット』を見る。

「大丈夫。今日はこれがあるから、絶対、うまくいく!」

自分に言い聞かせるようにつぶやいて、「えいっ!」と一歩前にでた。

「あの、すみません!!」

勇気をふりしぼって声をかけると、「はい?」と声がかえってくる。

(あれ? 声が違う……)

とまどって視線をあげると、目の前にいるのは『店長』の名札をつけた男性だ。

さっきまでそこで本を補充していた彼の姿は見あたらない。

「すみません、間違えました――!!」

ひよりはガバッと頭を下げて、逃げだした。

棚の陰までもどると、胸に手を当てて、「はぁ……びっくりした」と息をはく。

(やっぱり、うまくいかんのかなぁ……)

今のところ、すれ違いばかり。やっぱり、少女漫画のようにはいかない。

あきらめて帰ろうとした時――。

「……どうかしたん?」

不意に後ろで声がして、ビクッと肩が跳ねた。

反射的に振り返ると、そこに立っていたのは書店の王子様の彼だ。

ひよりは目を見開いて、彼を見つめる。

「元気ないみたいだけど……?」

心配そうに顔をのぞきこんでくるから、あせって後ろにさがった。

その拍子に、台にぶつかって本を落としそうになる。

あわててそれをなおしてから、ひよりは彼のほうをむいた。

「う、うちは、とっても元気です‼」

「そんならええけど」

彼がクスッと笑う。笑った顔があいかわらず素敵だ。

「本、好きなんよね？　いつも来てくれてるから」

そう言われて、ひよりはびっくりした顔で相手を見る。

（うちがきてること……気付いてくれてた！）

恥ずかしさと嬉しさが一度にこみあげてきて、顔がジワーッと赤くなった。

「今日は、どんな本さがしてんの？　手伝うよ」

そうききながら、彼はそばの棚に目をやる。

料理や園芸、手芸などの本がならんだコーナーだ。

「えっと……え、園芸の本とか！」

ひよりは棚を見て、思わずそう答えた。

彼は「園芸か……」と、思案するようにつぶやいて棚を見つめる。

少し迷ってから、一冊を選んでひよりに差し出した。

YOUR GARDEN

「それなら……これとかどう？　色んなバラの品種が載ってて綺麗だったよ」

受け取った本の表紙には、バラ園の写真が載っている。

「バラ……好き？」

澄んだ瞳でひよりをまっすぐに見つめながら、彼が優しい声できく。

「はい、大好きです!!」

ポーッとなって思わずそう答えると、彼は嬉しそうな顔をする。

「俺も、大好きやよ」

ほほえんでいる彼の顔を、ひよりはうっとりと見つめる。

心臓にトスッとハートの矢が突き刺さったような気がした。

買った本を抱えながら、フワフワした足どりで書店を後にする。

（俺も、大好きやよ……かぁ……）

言われたのはバラであって、ひよりではない。

それはわかっているが、思い出すと自然と口もとがにやけてくる。

「このブレスレット……やっぱり効果あったかも！」

手首につけていたブレスレットを見ながら、ひよりはひとり言をもらした。

駐輪場に停めていた自転車のカゴに本をいれ、サドルにまたがる。

意気揚々と家にもどろうとしたが、なにか大事なことを忘れているような気がしてペダルをこごうとした足が止まった。

「あれ……？」

首をひねって考えてから、「あっ！」と声をあげる。

「そうだ。名前!!」

（また、聞くの忘れてた〜〜〜!!）

ベタでいいじゃん
むしろベタがいいじゃん
heroine 4 ～ヒロイン 4～

きっと少女漫画じゃ両想い
涼海

＊♪ heroine 4 ～ヒロイン4～ ✿♫✿

　翌日の放課後、下足場で靴をはきかえようとしていると急に電話が鳴りだした。

　鞄から携帯をとりだしてたしかめると、表示されているのは内田マネージャーの名前だ。

　ひよりはあせって、キョロキョロとまわりを見る。

（な、なんだろう⁇）

　人のいない階段下のスペースに移動してから、急いで携帯を耳に当てる。

「はい……涼海です！」

『あっ、ひよこー。よかった。つながった……うちの子二人知らない？』

「染……じゃなくて、あの二人ですか？」

『どっちも電話にでないから、さがしてきてくれる？　まだ学校にいると思うから』

「は、はい！」

　通話を終えると、「どこにいるんだろ……」とつぶやきながら駆け出した。

　いつもなら、二人は授業が終わればすぐに帰り支度をして学校をでる。

内田マネージャーの車が、迎えにきているからだ。

正門のほうにむかったが、二人の姿は見あたらなくて引き返す。

（柴崎君もいないし……）

中庭を通り抜け、急ぎ足で裏庭にむかった。

「はぁ⁉　ふざけてんのか？」

体育館の裏手から、そんな怒声が聞こえてくる。

男子数人が集まっているのが見えて、ひよりはあわてて外階段の陰に身を隠した。

（ケンカ⁉）

まさかと思い、恐る恐るのぞいてみれば、とりかこまれているのは勇次郎だった。

しかも、相手は体育祭の時にいやみを言ってきた三年の先輩たちだ。

（そうだ……柴崎君！）

ひよりは携帯をとりだすと、電話帳から『緊急連絡先』と書かれた番号を呼びだす。

『余計な電話かけてきたら、即、着信拒否するからな！』

しかめっ面でそう言いながら愛蔵が教えてくれた、『仕事用』の電話番号だ。

かけていいのは、非常時と重要な仕事の連絡の時だけだ。

（い……今がその時！）

ひよりは電話をかけながら、「早よでて～」とその場で小さく足踏みした。


「調子のってんじゃねーよ！　一年のくせに！」

先輩がカッとなって勇次郎の胸ぐらをつかむ。

「あ……っ！」

殴られる。そう思った瞬間、ひよりは携帯を落として飛びだしていた。

「わあああ―――っ、すみませ―――ん!!」

声をあげながら駆け寄っていくと、先輩たちが「は!?」とにらんできた。

こわいが、ひるんでいる場合ではない。

「染谷君、いた！　せ、せ、せ、先生が呼んどったよ!!」

ひよりがうわずった声で言いながら飛びこんでいくと、勇次郎が「え？」ととまどうような表情を一瞬見せた。

（とにかく、早く連れださんと！）

「邪魔すんな！　引っこんでろ!!」

先輩のひとりがひよりの手首をつかんで、グイッと押しのける。

その瞬間、腕につけていたブレスレットの紐が切れ、花のチャームがどこかにはじけ飛んだ。

ひよりはよろめいて、「わっ！」と尻餅をつく。

それを目にした勇次郎が、胸ぐらをつかんでいた先輩の手をバシッとはねのけた。

先輩が「……なんだよ……」と、ひるむくらいにけわしい表情になっている。

「べつに……」

勇次郎はいつもより低い声でそう言うと、片足を大きくあげた。

（染谷君、キレとる〜〜〜!!）

『大人気高校生アイドル、学校で暴力事件。実は性格が悪かったことが判明！』

そんな見出しといっしょに載っている勇次郎の顔写真が頭に浮かんできて、ひよりは青ざめた。

「それだけは、ダメ〜〜〜！」

立ち上がると、先輩を蹴り飛ばそうとしていた勇次郎の腕にガバッと飛びつく。

体勢を崩して後ろに倒れそうになった勇次郎の腕を力一杯引っ張り、全力でその場から逃げだした。


「あっ、なに逃げてんだ！」

「は、速っ!!」

先輩たちが逃げていく二人を見て、そんな声をあげていた。

更衣室の建物のそばに隠れると、「はぁー」と深く息をはいて足を止める。

先輩たちが追いかけてくる様子はない。

胸をなでおろし、ひよりは勇次郎の腕をはなした。

「あの、染谷……君、大丈夫？」

無言でいる勇次郎のことが心配になり、そーっとその表情を確かめる。

眉根をギュッとよせ、目を合わそうともしない。

「……こういう、余計なお節介」

「え？」

「いらないから」

それだけ言うと、勇次郎は顔をそむけたまま立ち去ろうとする。

「待って、染谷君！」

ひよりが手を伸ばそうとした時、「こんなとこ、いたのかよ！」と愛蔵の声がした。

「あっ、柴崎君！」

「急に電話かけてくるからなにかと思ったら……無言電話ってどーゆーことだよ！」

怒ったように言いながら、愛蔵が携帯を手にやってくる。

「わあっ、ごめん！　ちょっと色々あって……」

ひよりはオタオタしながら、勇次郎の背中にチラッと視線をむける。

「色々ってなんだよ？　おい、勇次郎。どこに……」

すれ違う勇次郎に、愛蔵が声をかけた。

勇次郎はそれを無視して、校舎のほうへと歩いていく。

「……なんかあったのか？」

愛蔵は眉をひそめながら、ひよりにきいた。

（染谷君……）


余計なお節介。そう言われたことが、胸にチクッと突き刺さる。

（また……うちが怒らせたんかな？）

「おいっ、聞いてんのか？」

イラだったような愛蔵の声を聞きながら、ひよりは小さくため息をついた。

「染谷君って、なに考えてるんか全然わからん……」

「はぁ？」

「柴崎君はわかる？」

「そんなの、俺にだってわかんねーよ」

投げやりな口調で言ってから、愛蔵は少しばかり声を落とす。

「……人が他人に見せる顔なんて、ほんの一部なんだ。誰だってそうだろ」

視線をそらしたままそう言った愛蔵の複雑そうな表情を、ひよりは思わず見つめた。

「なんだよ……」

「柴崎君はわかりやすいのになぁ……って思って」

「は？　おまえほどじゃねーよ」

愛蔵が顔をしかめて言い返す。

それから、「でもまあ……あいつは」と表情を和らげた。

「なにも考えてないんじゃねーか？」

愛蔵はそう言って、ふっと笑った。


「……そうなんかなぁ？」

中学のころからいっしょにいる愛蔵でもわからないというのだ。

知り合ってからまだ一年もたっていないひよりには、わからなくて当然なのかもしれない。


「それより、電話なんだったよ？　用事あったんだろ？」

そうきかれて、「あっ！」と声をあげた。

「うちの携帯！」

あわててポケットをさがしてみたが、そこにははいっていない。

「落としてきた〜〜」

しかも、先ほどのこわい上級生たちがまだいるかもしれない体育館裏にだ。

「柴崎君、ついてきて〜！」

ひよりは愛蔵の袖をつまみながら、オドオドして頼みこむ。

「はぁ⁉ 知るか。とっとと拾ってこい！」

愛蔵はひよりの手をふり払うと、怒ったように言って身をひるがえした。

「あっ、そうだ。マネージャーさんが連絡しとったよ！」

「え？ あっ、マジだ……それ、先に言えって！」

携帯を見て着信履歴に気づいたのだろう。

携帯を耳に押し当てながら校舎のほうに歩いていく。

「染谷君にも伝えてって！」

ひよりが言うと、愛蔵は返事のかわりに軽く片手をあげた。

体育館裏にもどると、先ほどの上級生の姿は見あたらなかった。

運動部の生徒たちがやってきたからだろう。

ホッとしながら、ひよりは外階段のそばに落としていた携帯を拾う。

お気に入りのカバーには傷がついていたものの、画面は割れていない。

「よかった～～」

ホッとして、ひよりは汚れを拭う。

それから、自分の手首に目をやった。

「そうだ、ブレスレット……」

勇次郎と先輩たちがもめていた場所までいくと、落ちていたのは紐だけだった。

それを拾い、あたりを見まわしたが、花のチャームのほうはどこにいったのかわからない。

「しょうがないかぁ……」

草をわけながらさがしていたひよりは、しゃがんだままうなだれる。

立ち上がると、紐だけをポケットにしまって校舎へと引き返した。

その日の夜、ひよりはベッドに転がりながら、クラスの友達から教えてもらったゲームアプリの占いをやってみる。

『絶好調！　勇気ある行動が吉。ラッキーアイテムのマラカスで恋愛運アップ‼』

表示された占い結果を見て、ひよりは「おおっ！」と瞳を輝かせた。

「勇気ある行動かぁ……」

告白する――のは、まだ無理だとしても、せめて名前くらいは知りたい。

（マラカスって、どこに売ってるんかなぁ……）

この際だ。どんなことでもやってみるに越したことはないだろう。

携帯の画面を見つめていたひよりは、「そうだ！」と飛び起きた。

「着ていく服、さがさんと！」

ベッドを抜けだし、クローゼットの扉を開く。

一番お気に入りのパーカーを引っぱりだして広げながら、頬をゆるませた。

恋が叶うブレスレットはなくしてしまったけど――。

（明日は、絶対いいことありそうな気がする！）

翌日の昼すぎ、ひよりが書店にむかうと、いつもよりも女子の姿が多かった。

みんなこれからデートにでもいくのかというような、気合いのはいったかわいい服装だ。

本をさがすふりをしながら、チラチラと様子をうかがっている。

書店の王子様の彼は、小さな女の子に声をかけられて絵本をさがしてあげているところだった。

目当ての本が見つかったのか、女の子は「ありがとう！」と、大事そうに絵本を抱きしめる。

母親に連れられてカウンターにむかう女の子に、彼は笑顔で手をふっていた。

ふりかえった女の子も、嬉しそうにバイバイする。

（優しいなぁ……）

ため息をついていると、まわりの女子たちも同じようにため息をついていた。

「じゃ、じゃなくて……うちもがんばらんと！」

ひよりはバッグからとりだしたマラカスを、ギュッと握りしめる。

ここにくるまえに、近くの楽器店に立ち寄って買ったものだ。

「お、お名前は……！」

小さな声で練習していると、書店の王子様が絵本のコーナーを離れて歩いてくる。

ひよりはドキドキしてきて、落ちつこうと息を吸いこんだ。

「よしっ、今日こそ、名前を……!!」

思い切って足を踏みだそうとしたその時、両肩をガシッとつかまれた。

「……へ？」

ふりむいたひよりは思わず悲鳴をあげそうになり、とっさに自分の口を両手で押さえる。

（な、なんで〜〜〜っ！）

帽子と眼鏡で変装した愛蔵と勇次郎が、ニヤーッと笑みをうかべている。

「なーにやってんだ？」

愛蔵にきかれて、ひよりは視線をスーッと横にそらした。

「な、なにも……やっとらんよ？」

そう答える声が、不自然にうわずる。

「っていうか、なんでマラカス持ってんの？　書店で」

勇次郎が腕を組んだまま、ひよりが握りしめているマラカスを見て首をかしげた。

「うちのことは、ほっといてください!!」

バッと走って逃げだそうとしたが、パーカーのフードをつかまれ、引っ張りもどされる。

二人が「「ダメ」」と、声をそろえた。

（うわあああ――――ん、み、見つかった～～!!）

この二人にだけは、絶対に、知られたくなかったのに――。
ひよりはマラカスを握りしめたまま、靴を脱いでソファーに正座していた。
ドアの外からは、賑やかな曲が聞こえてくる。

隣の部屋から、音程の外れた歌声がかすかにもれていた。

大型のテレビが、さっきから同じCMを流し続けている。

『LIP×LIP……ノンファンタジー』

画面に映っているのは、キラキラした衣装を着た愛蔵と勇次郎だ。

『僕らと、夢で恋をしよう――』

ささやくような二人の甘い声が、スピーカーから流れてくる。

ひよりは冷や汗をにじませながら、むかいのソファーで足をくんで座っている二人にソロッと目をやった。

ここは、書店から一番近い場所にあるカラオケ店の一室だ。

壁のよく目立つ位置には、『本日マラカス持参のかた半額！』と書かれた紙がはってある。

二人に連れこまれてから、十分ほどが経過しただろうか。

「あの～～～」

沈黙に耐えかねて、ひよりは口を開いた。このままでは、気まずくて窒息しそうだ。

「そうだ！　なにか飲み物でも注文する⁉　喉かわいたし……」

ひよりは「こわいし……」と小声でつけ加えて、テーブルの上のメニューをとろうとした。

「で？」

勇次郎の声に、その手がピタッと止まる。

「なにやってんだって、さっきから何度もきいてるよな？」

愛蔵の声に、ひよりはサッと視線をそらした。

二人とも、ジーッとひよりを凝視したままだ。

「ピ……ピザでも食べる!?　うちが奢るよ。ここはドーンッと太っ腹に!!」

ひよりは壁に貼られたおいしそうなピザのポスターを指さした。

二人から返事はない。

「それとも、なにか……歌う!?　せっかくだし……夜まで……フリータイムだし……」

ひよりの声が徐々にしぼんでいく。

受付カウンターで、二人は当然のように、『夜までフリータイムで』と頼んでいた。

あと数時間は、この尋問部屋からは解放してもらえそうにない。

「最近、おかしいのなんで？」

「なーんか、隠（かく）してるよな？　俺らに」

「なにもおかしくないし、隠しとらんよ！　フッー！」

「フッー、マラカス持って書店うろついてないだろ」

愛蔵にすかさずツッコまれて、ひよりは「うっ……」と言葉につまる。

（二人に話したら、絶対………絶対………笑うもん‼）


「どーせ、明日もオフだし、朝まで時間あるよなー？」

「そーだね。この後は、事務所の休憩室（きゅうけい）借りればいいし」

下をむいていたひよりは、バッと顔をあげた。

二人とも、ニターッと笑っている。どうあっても白状させる気のようだ。

「サイテーだぁ〜〜〜〜！」

ひよりはそう言いながら、ガバッとテーブルにつっぷした。

観念して事情を打ち明けると、ひよりは小さくなって二人を見た。

「はぁ⁉　好きなやつができた⁉」

大きな声でき返され、ひよりは「わぁあぁ！」と遮るように声をあげる。

「そんなはっきり言わんで〜‼」

赤くなってオタオタしながら言うと、愛蔵が「はぁ〜」と深くため息をついた。

「そんなことかよ……！」

「そんなことって、うちには大事なことだもん！」

（は……初恋だし………）


「で、マラカス持って告白しようとしてたわけ？」

運ばれてきた山盛りのフライドポテトをつまみながら、勇次郎がきく。

テーブルには他にもドリンクのグラスが三つと、ピザがならんでいた。

「俺……せっかくのオフをすげームダにした気分」

愛蔵がのけ反るようにして、ソファーの背にもたれる。

「うちにかまわず、どっかいけばよかったのに……」

ひよりは頰をふくらませてボソッとつぶやいた。話を聞いて欲しいなんて、誰も頼んでいない。

「あー……もう、わかったから、さっさといけよ。告白でもなんでも好きなだけしてこい。じゃーな、がんばれよ。ふられてもなぐさめてやんねーけど」

面倒(めんどう)そうに言いながら、愛蔵がヒラヒラと手をふる。

ひよりはその態度にムカーッとして、「ふられるって、まだ決まっとらんもん！」と言い返した。

「それに、うちだって柴崎君になぐさめてもらうくらいなら、道ばたの雑草にでもなぐさめてもらったほうが、ず――――っとマシだし！」

「はぁ⁉　うまくいくとか、本気で思ってんのか？」

「そんなの、わからんけど……でも、やってみんとわからんよ！」

「相手、女子にかこまれてキャーキャー言われてるようなやつなんだろ？　これじゃあダメだ。１００振(ふ)られる！」

「あの人は柴崎君みたいに、根性悪(こんじょうわる)じゃないし！」

ひよりはプイッとそっぽをむいて言い返した。

「根性の話なんか、誰もしてないだろ。物理的にムリって言ってんの！」

「ぶ、物理的にムリってなに～～⁉」

「ボッサボサの髪で、クタクタダボダボのパーカー着て告白にくるような芋女、どんな男子だって お断りだって言ってんだよ！」

「ひどい、これはうちの一番のお気に入り服なのに‼」

（髪はたしかに、ボサボサだったけど……！）


「はぁ⁉ それが一番って……いつもなに着てんだ⁉ まさか、家で学校ジャージとか着てないだろーな？」

愛蔵が思いっきり眉をつりあげてきく。顔がかなりこわい。

「それは……ないよ……たまにしか……」

「なんで、たまに着てんだよ！」

「だ、だって、服が乾かんくて着るものがなかった時とか……」

ひよりはタジタジになってそう答えた。

「いやもう……アウトだよ。完全に」

真顔で言われて、ガーンとショックを受ける。

（そんなに、家でジャージ着てるのってダメだったん⁉）

「なんで、そいつが好きなの？」

勇次郎が暇そうに頬杖をついたままきいてくる。

「え？　な、なんでって……優しいし、かっこいいし……」

「なんで、それだけで相手のこと好きってわかるわけ？」

「それは……一目惚れみたいなもので！」

「ふーん……一目惚れ、ね」

勇次郎の唇に、フッと皮肉っぽい笑みが浮かんだ。

「気のせいじゃないの？」

あっさり言われて、ひよりはますますガクッとなる。

二人とも、言いたい放題だ。

（う……うちのこと、バカにして〜〜!!）

テーブルの上のマイクをつかむと、勢いよくソファーから立ち上がる。

「気のせいでもなんでも……初めて出会った王子様だもん。うちはあの人が好きなの!!」

大きな声で宣言すると、スピーカーがキーンッと鳴った。

「うるせ――っ！」

「うるさ……っ！」

二人が顔をしかめながら、耳をふさぐ。

「絶対、あきらめん！」

フンッと鼻息を荒くしながら、ひよりは決意をこめるようにマイクを強くにぎりしめた。

「せっかく、いい一日になると思ったのになぁ……」

スーパーの袋を提げて歩きながら、ひよりはため息をつく。

今日はあの人と一言も話せなかった。

そのうえ、秘密にしていようと思ったのに、サイテーな二人にバレるなんて。

占いでは、絶好調だったはずなのに――。

二人に言われたことは腹立たしいが、その通りだと認めないわけにはいかなかった。

クタクタのパーカーが一番のお気に入り服。髪もボサボサ。

他の女子みたいにオシャレでもかわいいわけでもない。
「やっぱり、うちは芋女のままなんかな……?」
物語のように、魔法使いが現れて変身させてくれるわけではない。
誰かが、ヒロインにしてくれるのを待っていてもダメだ。自分で自分を変えないと。
服もかわいくして、髪も綺麗に整えて。メイクもしてみたい。
あの人は、どんな人が好きなのだろう。
どんな女子なら、好きになってもらえるだろう。
知らないことばかりだ。好きなことも、趣味も、どこの学校に通っているのかも。
名前すら、まだきけていない。
でも——。
もしも、芋女から変われたら、その時は胸を張って告白しにいこう。
(100振られる、なんて……そんなことわかっとるよ)
当たって砕けることなんて最初から想定済み。
変われた自分を、どうか見て欲しい——。

ってどうすればいいのー!?

heroine 5 ～ヒロイン５～

バレちゃった最悪な奴らに

これじゃあダメだ
100振られる

＊ heroine 5 ～ヒロイン5～

長年、愛用してきたクタクタのパーカーと、ついに決別した。

この一週間、友達がよく読んでいるファッション誌を買って研究もした。

ちょっと派手めな色だけど、かわいいリップも買った。

奮発して帽子も買ったし、靴もいつものようにスニーカーではなく、ローファーにした。

通学用のローファーではあるが――。


ひよりは電信柱の陰に身をひそめながら、書店の様子をうかがう。

肩にひっかけているビニール傘に、ビシャビシャと雨が当たっていた。

朝からずっとこの悪天候で、午後からは大雨注意報もだされている。

（うちは、これくらいの雨じゃ負けん！　い、いくぞ！）

勇気をだして足を踏みだそうとした時、店の自動ドアが開いた。

でてきたのは、高校生くらいの女子二人だ。

「ちょっとだけ、話できたよー」

「えぇー、いいなー」

傘を開きながら、二人は楽しそうに話をしていた。

十月もそろそろ終わるというのに寒そうなショートパンツ姿で、踵の高いブーツを平然とはいている。

（オシャレだなぁ……）

二人が歩いてくるので、ひよりはあわてて背中をむけた。

話からして、この二人もあの人目当てで書店に通っているのだろう。

ドキドキしながら、彼女たちが通りすぎるのを待つ。

「なに、あの子……ダサッ」

「ちょっ、聞こえるってば……」

すれ違う時、そんな笑いまじりの声が聞こえる。

二人が立ち去ると、ひよりは自分のかっこうをあせったようにたしかめた。

（うち、そんなにダサい!?）

店で一番かわいいワンピースを買ってきたつもりだったのに。

カーディガンの色と合わなかったのだろうか。

それとも帽子が似合わなかったのかもしれない。

そういえば、試着してみた時、店員の女性もなんだか微妙な笑みを浮かべていた。


(だ……大丈夫！　あの人は笑ったりせんよ！)

気を取り直し、ひよりは書店にむかって歩きだす。

その横を、大型トラックがビシャッと泥水を飛ばして通りすぎていった。

「うひゃ!!」

反射的に傘でかばおうとしたが間に合わず、カーディガンとワンピースに茶色い染みが広がる。そのうえ、帽子が水たまりに落ちてしまっていた。


ひよりはぐっしょり濡れている帽子を拾い上げ、肩を落とした。

さすがに——このかっこうでは会いにはいけないだろう。

「ついてないなぁ……」

そうつぶやくと、あきらめて足のむきをかえた。

アパートにもどって着がえる時間もなく、バイト先の事務所にむかう。

休憩室にはいると、愛蔵と勇次郎の二人が椅子に座って時間を潰していた。

ひよりを見て二人はあっけにとられていたが、我慢できなくなったように下をむいて笑いだす。

いつもいそがしくでかけているくせに、こういう日に限っているのだ。

できれば、今日一日、顔を合わせたくなかったのに――。

頬をふくらませながら、急ぎ足で二人の後ろを通りすぎる。

（いいよ、どうせ笑うと思っとったし‼）

「もしかして、その奇抜なかっこうで書店にいったのか？」

愛蔵が椅子の背に肘をかけながら、からかうようにきいてくる。

「いいんじゃないの？　個性的で。目立ってたと思うし」

そう言って雑誌をめくっている勇次郎の肩も、小刻みにふるえていた。

（も――っ、絶対、今日は二人と口きかん!!）

ひよりはすみのパイプ椅子にドサッとバッグをおろす。

タオルをとりだそうとしたけれど、はいっていない。

（忘れちゃってるし………）

ため息をついていると、カタンと椅子を引く音がした。

パサッと頭にかぶせられたのは、真っ白なタオルだ。

びっくりして振り返ると、勇次郎がミルクココアのパックを手に、後ろの出入り口から休憩室をでていくところだった。

愛蔵も立ち上がり、その後に続いてでていく。

二人とも口もとがまだ笑ったままだ。

ドアがパタンと閉まると、ひよりは真っ白なフカフカのタオルを頭からおろす。

「イジワルなくせに、たまに優しい………」

十一月になると、窓から見える桜も葉が赤色に染まり、ゆっくりと落ち始める。

天気が悪いため、その日の部活はミーティングだけだった。使われたのは雛のクラスだ。

終わってみんなが帰った後も、ひよりは雛といっしょに教室に残っていた。

机をはさんで向かい合わせに座りながら、話をする。

「ええ⁉　かわいくなる……方法？」

相談を持ちかけられた雛が、目を丸くしてそうききかえした。

ひよりは真剣（しんけん）な顔をして、コクコクとうなずく。

「それは私のほうが教えて欲しいくらいだけど……でも、どうして急に？」

「えーと……ちょっとくらい、オシャレをしよーかなって思って。それに、うちのこと笑いものにするから見返してやりたくて！」

ひよりが両手をギュッとにぎって答えると、雛がクスッと笑った。

「そうなんだ。でも、私の意見はあんまり参考にならないよ？　オシャレってわけじゃないし……お兄ちゃんのパーカーとか着ちゃってるから」

「そうなんですか？」

「うん、ずいぶん着てるからクタクタだよー」

「瀬戸口先輩もクタクタパーカーを⁉」

「そう！　お気に入りだから、ついそればっかり着ちゃうんだよね」

（うちだけじゃなかった〜〜！）

ひよりは嬉しくなって、「そうなんです！」と大きくうなずいた。

「でも、パーカーばっかり着てると、芋女ってバカにされるし……だから、かわいい花柄のワンピースを買ったんですけど、それも……不評で………」

声が落ちこんだようにしぼむ。


「かわいいと思うけど。花柄ワンピース」

急にすぐ横で声がしたものだから、雛とひよりは「わっ！」と驚いて振り向いた。

そこに立っていたのは、二年の高見沢アリサだ。

雛といっしょにファーストフード店にいた時、アリサがやってきていっしょに話をしたことがある。雛とは友人同士らしい。

「アリサ！　もー……びっくりするでしょ！」

雛が胸を押さえながら、「はぁ〜」と息をはいた。

「うちのクラスに用事？　柴崎君なら職員室に呼ばれてたけど」

「あの人をさがしてるわけじゃない！」

「じゃあ、なんの用？」

雛が首をかしげながらきく。

アリサは「うっ」と、言葉をつまらせて横をむいた。

迷っていたようだが、けっきょく近くの椅子にストンと腰をおろす。

「私より、アリサのほうが服のことならくわしいと思うよー？」

雛が「ね？」と、アリサのほうを見た。

「べつにくわしいわけじゃ……」

「雑誌とかよく読んでるでしょ？　成海先輩のファンだし」

「成海先輩って、あのモデルの聖奈ちゃんの⁉」

成海聖奈のことは、ひよりも知っている。

CMにもよく出演しているし、クラスでもなにかと話題になるからだ。

それに『LIP×LIP』のMVで、二人と共演していたことがある。

言われてみれば、アリサの長い髪を左右わけにしたヘアスタイルは、成海聖奈と同じだ。

「高見沢先輩って、普段どんな服を買うんですか⁉」

ひよりは姿勢をピシッと正して、大真面目な顔できいてみる。

「…………ワンピース……とか」

アリサは視線を横にそらしながら、そう声を落として答えた。

雛が「花柄とかの？」と、意外そうな顔をする。

「フリルとか、花柄とか……好きだけど⁉」

なぜか怒った口調で言いながら、アリサは恥ずかしそうに顔を赤くしていた。

やはり、花柄のワンピースはそんなに間違っていなかった。

ただ、少しばかりコーディネートに問題があっただけなのだろう。

アリサがひよりを見て、「どうして、そんな話してるの？」ときいた。

「それは……オシャレをしようって思って」

「クラスでバカにする男子がいるんだよね－？　ほんと、いつまでもお子様みたいな男子っているんだから。イヤになっちゃう」

雛が頬杖をつきながら、顔をしかめる。

「理由はそれだけじゃないんですけど……」

ひよりがモジモジしながら答えると、雛とアリサが顔を見合わせる。

二人とも、ニマーッと笑っていた。

「リップとかは？」

アリサがさっそく鞄（かばん）から雑誌をとりだして机に広げる。先週発売されたばかりのファッション誌だ。

「買ってみたんですけど……似合わなくて」

「何色、買ったの？」

ページをめくる手をとめて、アリサがひよりを見た。

ひよりは首をすくめながら、「赤を……」と小声で答える。占（うらな）いをみたら、『今こそ、イメージチェンジ！』と書いてあったものだから、つい思い切った色を選んでしまったのだ。

「それは、ちょっとひよりちゃんっぽくないかなぁ？」

雛が「うーん」と、首をひねる。

ひよりは「ですよね～」と笑ってから、ガクッとうなだれた。

（うち、ほんと……オシャレのこと全然わから～ん！）

今まで、自分磨きをサボってきたからだろう。

「それなら……ピンクとかオレンジ系にしてみれば？」

アリサが雑誌で紹介された新色リップを見せてくる。

「おおっ、かわいい！」

「あっ、ほんとだ。私も欲しいなぁ」

「誰のためなんだか」

雛をチラッと見たアリサが、ニヤーッと笑う。

「いいじゃない！」

雑誌をみながらワイワイ話をしていると、ドアのほうから声がした。

「アリサちゃーん、お待たせ～～！」

軽く片手をあげながらはいってきたのは、シバケンだ。

「待ってない!!」

アリサがバッと振り返って、すかさず言い返す。

シバケンはそばまでやってくると、「んじゃ、なんで俺の教室にいんの？」とアリサの顔をヒョイッとのぞいた。嬉しそうに、ニコーッと笑っている。

「ひ、雛に用があったのよ……」

アリサはそっぽをむきながら、モゴモゴと答えた。

「で……みんな集まって、なんの話し合い？」

シバケンはアリサの横に立ったまま、女子三人を見る。

「ひよりちゃんをかわいくする話し合い、なんだよね？」

そう答えたのは雛だ。

ひよりは「はい！」と、背筋をピンッと伸ばして返事した。

「芋女とか、ひどいこと言う男子がクラスにいるんだって」

雛が言うと、シバケンは「はぁ〜？」と不愉快そうに顔をしかめる。

「そいつ、バカなんじゃねーの？　気にすることないってー。どーせ、性格ねじ曲がりすぎて、絶対女子にモテないヤツなんだから」

「でも、見返してやりたいんだよね？」

ひよりは「はい！」と、大きくうなずいた。

「ここにいるなら、なにかアドバイスくらいしなさいよ」

アリサにそう言われて、シバケンが「ん？」とひよりを見る。

「女子は全員、そのままでじゅうぶんかわいいと思うよ？」

ニッコリして答えたシバケンの腹部に、ドスッとこぶしが打ちこまれる。

シバケンは「グッ……」と、苦しそうな声をもらして前屈みになっていた。

「アリサさん……今のマジで……効きました……っ！」

「おバカ……」

プイッと横をむいたアリサの頰がふくれている。

二人のやりとりをおどろいて見ていた雛とひよりは、同時に笑いだした。

♪ ＊ ✿ ✿ ♫

その日のバイトの時間が終わってからも、ひよりは休憩室に残っていた。

今日は愛蔵も勇次郎も新曲の打ち合わせにでていて事務所にはいない。

椅子に座り、バッグからとりだしたレターセットとペンケースを机に広げる。

『気持ちを伝えたいなら……手紙……じゃないかな？』

相談を持ちかけたひよりに、そうアドバイスしてくれたのは雛だ。

『なかなか話しかけられない相手なんでしょう?』

『は、はい……』

『だったら、やっぱり手紙が一番だよ? 私も……』

『もしかして、先輩も誰かに手紙を!?』

『え!? それは……!! ある……けど……』

『ええっ!! それって、榎本先輩に!?』

『虎太朗!? ないない!! 虎太朗に書いた手紙なんて、絶交の手紙しかないよ!!』

そんなやりとりをしたことを思い出しながら、ひよりは口もとをゆるめる。

(瀬戸口先輩、赤くなってかわいかったなぁ……でも、先輩が手紙書いた人って誰なんかな? かっこいい人かな?)

雛みたいにかわいくて、モテそうな女子でも、好きな人には話しかけられなくて、手紙を書いたりしていたのだ。そう思うと勇気がわいてくる。

自分の気持ちを素直に、全部思うことを書けばいい。そう言ってくれたのも雛だ。

時々、手を止めて考えながら気持ちを綴る。

伝えたいことがたくさんありすぎて、二枚、三枚と便せんが増えていた。


時間を忘れて書いていると、不意に「クッ！」と笑う声が耳にはいる。

ハッとして顔をあげると、いつの間にか両隣に愛蔵と勇次郎が立っていた。

集中していたから、二人がはいってきたことに気づかなかった。

「う……うきゃああああ――――!!」

ひよりは真っ赤になりながら叫んで、手紙を腕で隠す。

「書店の王子様ってなに……」

勇次郎が口もとに手をやりながら、笑いをこらえていた。


「み、み、見た!?」

「見えるだろ。こんなところで堂々と書いてたら」

愛蔵が落ちていた便せんを一枚、拾い上げる。

ひよりは立ち上がり、「か、返して～！」とジャンプして手を伸ばした。

「もしかして、これ、例のヤツに渡そうとか思ってんのか？」

「ほ……ほっといてよ」

ひよりは真っ赤になりながら、プイッとそっぽをむいた。

「いいけど、漢字間違(まちが)ってるぞー」

「えっ、どこ⁉」

「ここと、ここ。それに、シェイスクピアって誰だよ。シェイクスピアだろ！」

愛蔵はひよりのペンケースから赤ペンをとりだし、容赦(ようしゃ)なくバツ印を書いていく。

「ああっ、うちの手紙が～～！」

「しかも、字が下手……」

勇次郎に言われて、ひよりはガーンとなった。

「これでもがんばって書いたのに⁉」

授業でノートを書く時の三倍は丁寧(ていねい)に書いたつもりだ。

二人は「「はぁ～～」」とため息をついてから、ひよりの肩(かた)をつかんで椅子に座らせる。

「「最初から、やり直し！」」

十分後――。

書きなおし何度目かになる手紙を、ひよりは恐る恐る二人に差し出した。

「これで……どうでしょうか？」

今度は書き間違いはないはずだ。三度も見直したし、字もできる限り丁寧に書いた。

愛蔵はひよりの手紙に目をとおすと、「こんなもんだろ……」と勇次郎に渡す。

勇次郎も一通り読んでから、「まあ、いいんじゃない？」とひよりに手紙を返した。

「妄想、ダダもれになってるけどね」

「いいの、これはうちの気持ちだし！」

手紙を丁寧に折りたたんで封筒にしまうと、パンダのシールをペタンと貼りつけた。

それを、「よし、できた！」と両手で高くあげる。

(今日は絶対、うまくいく気がする！)

ひよりはニッコリして、「いってくる！」と立ち上がった。

♪ ＊ ✿ ✿ ♫

事務所をでてすぐに書店にむかったひよりは、ドキドキしながら自動ドアを通り抜ける。

店内にはいると、緊張のしすぎでギクシャクとした動きになっていた。

（せっかく、二人が手伝ってくれたんだし……！）

ひよりは両手で持った手紙を、胸に押し当てる。

いつもならあの人はまだバイト中のはずだ。

キョロキョロしながら、棚のあいだを歩く。

フロアを一まわりしてみたが、姿を見なかった。

いつも彼目当てで通ってくる女子たちも、今日はいないようだ。

（もしかして、休みなんかなぁ……）

ひよりは在庫チェックをしていた店員を見つけて、「あの〜〜」と遠慮がちに声をかける。

ふりむいたのは、『店長』の名札をつけた男性だ。

「いつもいる……バイトの……」

それだけ言うと、店長はわかったのか「ああ、彼ね！」と、笑顔になった。

「今日はダンスレッスンで休みだよ！」

「ダンスレッスン⁉」

「手紙ならあずかるよ。ちゃんと渡しておいてあげるから！」

店長はひよりの手からパッと手紙を抜きとり、エプロンのポケットにいれる。

見れば、そのなかにはどっさりと手紙がはいっていた。

（もしかして、全部……あの人への手紙⁉）

店長は「いやぁ、今日は多いねぇ」と、笑っている。

「お、お願いします……」

ひよりはペコンと頭を下げた。


ため息をつきながら書店をでると、暗くなった道をトボトボと歩きだす。

「渡せたのかよ」

声をかけてきたのは、ガードレールによりかかっていた愛蔵だ。

勇次郎といっしょに、ひよりがでてくるのを待っていたらしい。

二人とも人目につかないように、帽子をかぶり眼鏡をかけている。

「う、うん……店長に……」

「なんで、店長に渡すの？」

勇次郎が、『意味わかんない』というように首をひねる。

「バイト、休みだったんだもん……」

うつむいて答えたひよりは、不意に思い出して「ああっ！」と大きな声をあげた。

「名前書くの、忘れてた――!!」

街灯が灯る夜道を急ぎ足で歩きながら、ひよりはふくれっ面になる。

後ろからずっと聞こえてくるのは、二人の忍び笑いだ。

「肝心の名前がないとか、なにやってんの……！」

「意味ねー……！」

細い路地にはいったところで立ち止まり、クルッと二人のほうをむく。

「そんなに笑わんでもいいのに……!!」

愛蔵が「ダメだ、苦しい！」と、お腹を抱えて爆笑しだす。

勇次郎もうつむいて、口もとを手で押さえていた。

（二人とも、サイテーだぁ！）

ひよりは涙ぐみながら、プルプルとふるえる。

「人が真剣なのに、二人とも茶化して……そんなに、うちを笑いものにして楽しい!?」


自分でなんとかしようとがんばってみても、全部空まわり。

いつもタイミングが悪くて、うまくいかない。

（なんでこんな……失敗ばっか……）

おまけに、二人は笑いものにするし——。


「うちだって、一生懸命やっとるんよ!!」

ひよりは我慢できなくて、「うわあ——ん！」とその場にしゃがんで泣きだした。

二人はさすがに言いすぎたと思ったのか、気まずそうに顔を見合わせる。

愛蔵が頭の後ろに片手をやり、「はぁ……」とため息をついた。

「あー……もう、泣くなよ！」

「二人が、うちをバカにして遊ぶから……！」

「悪かったって！　言いすぎた！」

　ぶっきらぼうに言うと、愛蔵はひよりの腕をグイッと引っ張る。

　近くの公園にいくと、夜の九時をすぎているからか、散歩中の人もいない。

　ブランコに座ってグスグスとはなをすすっているひよりに、「ほら」と愛蔵が熱い紅茶の缶を渡す。

「ありがと……」

　ポツリと言って受けとり、ひよりは冷えた両手で缶を包んだ。

「本気で、そいつが好きなの？」

　勇次郎がブランコの前の柵に腰かけながらそうきく。

　愛蔵がココアの缶を勇次郎にも渡していた。

「そうじゃなかったら、会いにいったりせんよ……」

ひよりは鼻声のまま答える。

この気持ちが『恋』かどうかなんて、正直よくわからなかった。

けれど、会いたいし、話もしたいし、声をかけられると嬉しくて舞い上がりそうになる。

こんな気持ちになったのは、初めてのことだ。

「名前も学校も知らないし、ろくに話したこともないんだろ？」

そうききながら、愛蔵はコーヒーの缶のプルトップをあける。

「話したことはあるよ！」

「本、すすめられたくらいでしょ？」

勇次郎の声があきれているように聞こえた。

「そうだけど……」

ひよりは落ちこんで、手もとの紅茶の缶に視線を落とした。

ほとんど、書棚の陰にかくれて様子をうかがっていただけだ。

「でも……優しいし……かっこいいし……」

「顔もよくて、性格もよくて、優しくてって……どこの夢の世界の王子様だよ。そんなやつ、いないって。未確認生物。ツチノコみたいなもんで、幻の存在なんだよ。あきらめろ」

「い、いるよ、書店に！」

ひよりは愛蔵の言葉に思わず反論する。

「いたって、彼女とかいるんじゃないの？」

勇次郎がココアをコクッと飲んでから言った。

ひよりは言い返せなくて、「う～」と小さな声をもらす。

「まあ、そうだよな。そこまで完璧だったら、フツーは女がほっとかないだろうし。まず、ダセー芋女じゃ相手にされないよな」

「わかっとるよ。言われんでも……」

ひよりの瞳に、またジワーッと涙がにじむ。

だから、こうしてかわいくなれるように努力しているのだ。それなのに――。

「しょーがねーな……」

愛蔵がやってきて、ひよりの前に立った。

急にクイッとあごを引き上げられ、びっくりして瞬きする。

「なっ、なっ……っ!!」

「まー……なんとかなる、よな？」

ひよりの顔を横にむけながら、愛蔵がポツリと言う。

「泣き顔はひどいけどね」

勇次郎が柵に腰かけたまま、クッと笑った。


「それじゃ、やるか」

愛蔵はひよりのあごから手をはなすと、その手を自分の腰にやる。

ひよりは不安になり、「な、なにを……？」と二人を見た。

顔を見合わせた愛蔵と勇次郎は、なにか企むような笑みをチラッとのぞかせる。

「ヒロイン、なりたいんでしょ？」

「俺らが、シンデレラを王子様のところまで送り届けてやる」

そんな二人の言葉に、ひよりはポカンとする。

（うちを……二人が？）


「え……ええぇ――っ!!」

「ガラスの靴じゃなくて、手紙に名前を書き忘れるシンデレラ、だけどね」

勇次郎がおかしそうに言うと、愛蔵も「そう、それな」と笑っていた。

「どーすんだよ？　いやならいいんだぞ」

愛蔵にきかれて、ひよりは迷うように視線をさげる。

それからグッと顔をあげて、立ち上がった。ブランコがキッと音を立てて大きく揺れる。

「やる！　うち、がんばる!!」

二人が協力してくれるなら、なんとかなりそうな気がする。

少なくとも、ひよりが一人で空回りしているよりはずっとマシだろう。

「今度は忘れんように、名前書いたタスキもつけていく！」

瞳をキラキラさせながら、ギュッと手をにぎって答える。

「それ、選挙の人だろ！」

「いいんじゃないの？　目立って」

決まりだ——というように、片手でパチンとハイタッチすると、ひよりは二人といっしょになって笑った。

がんばる!
涼海 ひより
染谷 勇次郎
LIP×LIP
自信ちょっとついたよ

芋女の私もお姫様に
なれるの　なんてね

俺らが
変えてやるよ

柴崎愛蔵（しばさきあいぞう）

2月22日生まれ
うお座　A型
高一　帰宅部
ひよりと同じクラスで
人気ユニットLIP×LIPのメンバー。
ツンケンしているが意外と
面倒見が良い

＊♪ heroine 6 ～ヒロイン6～

土曜日の午後、ひよりは二人といっしょに事務所の休憩室にいた。

今日のバイトは休みだが、『大事な用事！』と二人が内田マネージャーの許可をとって休憩室を開けてくれた。

机に広げられているのは、コンビニで買いこんできた菓子やジュースだ。

椅子に座った勇次郎が、さっそくチョコの箱をあけてパクッと食べていた。

「とりあえず！　例のターゲットについて現在わかっている情報はこれだけだ！」

愛蔵がホワイトボードを、バンッと片手で叩く。

アリクイのイラストを中心に、『モルモットの逆襲』、『シェイクスピア』、『バラ』、『書店でバイト』、『FT4ファン』と書きこみがしてある。

ひよりはスナック菓子をつまみながら、「おおっ！」と瞳を輝かせた。

「これだけじゃ、全然わかんないと思うけど。っていうか、それ、なんの絵？」

ひまそうに頬杖をつきながら、勇次郎がきく。

プラプラ揺らしているのは、チョココーティングされた細いクッキーだ。

「アリクイ！　見りゃわかるだろ」

「なんで、アリクイ？」

愛蔵は「俺にきくなよ」と答えてから、ひよりのほうを見る。

「他になんか知らねーのか？」

「あっ、ダンスレッスンしてるって、書店の店長さんが言っとったよ！」

「なんのだよ？」

ひよりはキョトンとして、「なんの？」とききかえした。

「色々あるだろ。リンボーダンスとか、コサックダンスとか、フラダンスとか」

「バレエとかじゃないの？」

勇次郎はそう言って、口にくわえていたクッキーをパキッと折る。

（バレエ！　白鳥の湖の王子様とか、似合いそうだなぁ……）

ひよりはスナック菓子を口に運びながら、うっとりする。

その頭を、愛蔵がガシッとつかんだ。

「妄想にひたるのは後にしろ」

「は、はい、すみません！」

ひよりはピシッと姿勢をただす。

「つまり、『モルモットの逆襲』とシェイクスピアを愛読している、バラとアリクイ好きな、なにかしらのダンス的なことをやっている高校生……ってことか。さっぱり、わかんねーな。どんなやつだよ？」

「モルモットの逆襲って、なに？」

勇次郎が意味がわからないとばかりに、眉根をよせる。

「あっ、その小説すっごくおもしろかったんよ！」

「とにかく、対策を立てようにも、情報が少なすぎる。そこでだ！」

愛蔵がもう一度、バンッとホワイトボードを手で叩く。

「芋女に指令をくだす！」

「おおっ!! って、うちに!?」

「今すぐ書店にいって、偵察してこい！」

「え？　これから〜〜!?」

「やる気、あんのかよ？」

「ある！　めちゃくちゃある!!」

ひよりは勢いよく立ち上がると、「いってきます！」と二人に敬礼する。

「せめて、名前と学校がわかるまで、もどってくんなよ」

「了解しました――！」

ひよりはそう返事しながら、休憩室を飛びだした。

（とはいったものの……偵察って、なにすれば〜〜）

変装のつもりでマスクをつけたひよりは、キョロキョロと書店のフロアを見まわす。

よくわからないままにやってきたけれど、肝心の彼の姿は見あたらない。

（今日、バイト……休みなんかな？）

挙動不審に棚の陰から顔をのぞかせる。

今日もまた、ダンスレッスンとやらにいっているのかもしれない。

それとも、バックヤードで仕事をしているのだろうか。

そう思っていると、「ああ、やっぱり……」と声がした。

ふりかえると、書店の王子様の彼がニッコリ笑って立っている。

ひよりはあせって、パッと顔を正面にもどした。

(話すチャンスなんてめったにないのに……今日に限ってなんで⁉)


彼は「あれ?」と、横に移動してから顔をのぞきこんできた。

「マスクなんかして、どうしたん?」

「えっ⁉ あのこれは……ちょっと、風邪気味で‼」

ひよりはごまかすように、ゴホンッ、ゴホンッと咳をする。

「大丈夫? 顔赤いけど……熱、あるんかな?」

彼は心配そうな顔になり、ひよりの額に手を伸ばしてきた。

「だ、大丈夫です! これは……着ぶくれしているせいなので!」

触れられそうになり、ひよりはあわてて後ろにさがった。

顔の熱が一気にあがったため、クラクラしてくる。

「そんならええけど……あんまり無理したらあかんで。今日は早く帰って寝たほうがええよ？」

「は、はい！」

「そうや……これ」

彼はエプロンのポケットからのど飴をとりだすと、「よく効くから」とひよりの手のひらにのせる。

「じゃあ、また」

爽やかな笑顔で言うと、彼は軽く手をふって離れていった。

♪ ＊ ✿ ✿ ♫

ポーッとしたまま事務所の休憩室にもどると、愛蔵と勇次郎が暇を潰しながら待っていた。

「なにかわかったのかよ？」

愛蔵にきかれて、ひよりはヘラーッと緩みきった笑みを浮かべた。

「のど飴くれた……やっぱり優しい……！」

手のひらに飴をのせたままうっとりしていると、ベシッと額をチョップされる。

「だ、だって、そんなに簡単に名前とか学校とかわかったら、苦労しとらんよ！」

額を押さえながら言い返すと、愛蔵が「はぁ〜〜」とあきれたようにため息をついた。

「わかった。芋女に偵察は無理。次の作戦だ‼」

気を取り直すように言うと、愛蔵はバンッとホワイトボードを片手で叩いた。

「おおっ！」

ひよりは瞳を輝かせてから、「あれ？」と自分の手のひらに視線を移した。

いつの間にか、そこにあったはずののど飴がない。

ハッとして横を見ると、勇次郎が包みを破り、パクッと口に運ぶところだった。

「あああ〜〜‼　うちがもらったのど飴‼」

「マズい……」

飴を頬張ったまま、勇次郎は顔をしかめる。

「それ、うちの〜〜‼」

翌日も、ひよりはバイトの時間が終わるとすぐに休憩室に足を運んだ。

愛蔵から、『終わったら、作戦会議』とメールがはいっていたからだ。

先にきて待っていた二人が、「遅い！」と声をそろえる。

二人とも、夜のダンスレッスンの時間まではあいているらしい。

「これでも早く片付けてきたのに！」

「いいから、さっさとこれに着がえてこいよ」

愛蔵がドンッとひよりの前においたのは、大型の旅行用トランクだ。

「……これは⁇」

「スタイリストさんから借りてきた服」

椅子に座っていた勇次郎が、テーブルに頬杖をついたまま答える。

「うちのためにわざわざ⁉」

二人とも、口では色々と言うが本気でなんとかしようと考えてくれているのだ。

（サイテーなんて言って……ごめん！）

ひよりは感動して、心の中で謝る。

「これだけあれば、似合う服の一着くらいあるだろ」

愛蔵に言われて、「うん！」と笑顔で返事した。

それから休憩室を見まわして、「あの〜」と遠慮がちに口を開く。

「ところで、どこで着がえれば……？」

休憩室には着がえられるような場所はない。まさか机の下、というわけにもいかないだろう。

二人が「あそこ」と指さしたのは、カーテンで仕切られたスペースだ。

普段は物置になっていて、カーテンのすみから着ぐるみパンダの頭がのぞいている。

「ええっ、そんなぁ〜〜！」

「他にないんだから、仕方ねーだろ。ほら、さっさといけ！」

愛蔵に言われて、ひよりは渋々トランクを引っ張ってカーテンの奥に移動した。

数分後――。

「これ、どう!?」

ひよりは「じゃーん」とばかりに、カーテンの陰から飛びだす。

二人が振り返るなり、「「なんで、チアガール！」」と声をそろえた。

ひよりは、「やっぱり、ダメですよね〜」とカーテンの陰に引っこむ。

その後も、フリルのついたエプロンドレスや、セーラー服など、次から次に着替えては、「これでどう！」と二人の前に登場してみせる。

そのたびに返ってくるのは、「ない」、「バカ？」、「変」と酷評ばかりだ。


「なんで、コスプレみたいな服ばっかりなんだよ！」

愛蔵が怒ったように言ってから、横にいる勇次郎を見る。

「おまえさ……スタイリストさんに、なんて頼んだんだよ？」

「普通に、女子のかわいい服、貸してくださいって」

勇次郎は「それがなに？」と、愛蔵のほうに顔をむける。

「いや、いいけど……それ、絶対なんか勘違いされてると思うぞ？」


（これ、かわいい!!）

女子アイドルの衣装に着がえてでてきたひよりは、キランと瞳を輝かせる。

「うち、これでいってくる！」

「「どこにだよ⁉」」

愛蔵と勇次郎はバッとひよりのほうを見て、すかさずツッコんだ。

三十分後──。

「なんで……これだけ服があんのに……一番マシに見えるのが学校ジャージなんだよ……」

学校ジャージを着たひよりの前で、愛蔵がガクッと両手と両膝をつく。

「なんかごめん……そんなに悩んで〜〜〜」

オロオロしていると、勇次郎がパンダの着ぐるみの頭をボスッとかぶせてきた。

「これで、いいんじゃないの？」

「そうだな。似合ってるし！」

二人は口もとを手で隠しながら、「クッ！」と笑う。

「……どうせ……うちは、ジャージと着ぐるみしか似合わんよ」

ひよりは部屋のすみにいき、壁のほうをむきながらいじけたように体育座りした。

「あーもう、わかった。このままじゃ、どーにもなんねー！」

愛蔵がそう言うと、「ほら、いくぞ！」とひよりのジャージの袖をつかんで引っ張り起こす。

よろめきながら立ち上がったひよりの頭から、着ぐるみの頭が外された。

「えっ⁉　いくってどこに⁉」

ひよりはうろたえて、二人の顔を見る。

「なんとかしてくれる人のところ」

そう答えたのは勇次郎だ。

「待って、うち、ジャージのまま〜〜！」


タクシーに押しこまれて、わけもわからないままに連れていかれたのは美容院だ。

先に連絡してあったのか、黒縁の眼鏡をかけたヘアスタイリストの男性が待っていた。

「どーした？　二人いっしょなんて」

男性はあごに手をやりながら、物めずらしそうな顔で愛蔵と勇次郎を見る。

「「こいつ、どうにかして‼」」

愛蔵と勇次郎に背中をおされて、ひよりはよろめくように一歩前にでた。

ジャージ姿で頭もボサボサだから、かなり恥ずかしい。

ヘアスタイリストの男性は目を丸くしてから、ニッと笑った。

その笑顔に、ひよりは『なに、されるんかな？』と、おびえた顔になる。


「ひやあぁ〜〜」

シャンプー台にのせられたひよりの髪を、女性スタッフたちが笑顔のままガシガシ洗う。

「痒いところありませんか〜？」

「な、ないんですけど……」

トリマーさんにシャンプーをしてもらう犬の気分は、きっとこんな感じだろう。

ひよりは、「フギャーッ！」と叫び声をあげる。

そのあいだ、愛蔵と勇次郎はソファーに座ってヘアカタログを広げていた。「これだろ？」、「それ、シイタケ」、「こっちは？」、「それ、カッパ」と、あやしい会話が聞こえてくる。

（シイタケ!?　カッパ!?　うちをどうするつもり!?）

ひよりがバッと横をむこうとすると、「顔は動かさないでね〜」と女性スタッフの人にグイッともどされた。

ようやくシャンプーが終わり、「あちらにどうぞ」と案内されて鏡の前の椅子(いす)に移動する。

ストンとすわってぐったりしていると、ヘアスタイリストの男性がやってきた。

「それじゃ、かわいくなっちゃおうか？」

鋭(するど)く光るハサミをシャキンッ、シャキンッと鳴らしながら男性がニコーッと笑う。

ひよりは青くなりながら、椅子の肘掛(ひじか)けをギュッとつかんだ。

(助けて――‼)

一時間後――。

「仕上がり、こんな感じでどう？」

回転椅子に座ったまま、ヘアスタイリストの男性が鏡を見せる。

そこに映る自分を見て、ひよりは「おおおっ‼」と思わず感動の声をあげた。

それほど長さは変わっていないが、全体的にすっきりしてオシャレなボブになっている。

女性スタッフが軽くメイクもしてくれたから、唇(くちびる)も艶々(つやつや)で目もパッチリして見えた。

（今までのうちと……全然、違う！）

思わず二人のほうをむいて、「どう!?」と期待をこめてきく。

「いいんじゃない？」

勇次郎が腕を組んだまま言う。

愛蔵も「そうだな」と、満足そうにうなずいていた。

カジュアル服の店や、ガーリーな服の店など、数軒巡りながらあれやこれやと試着する。

最初は店の雰囲気に気後れしていたひよりも、だんだん慣れてきて楽しくなってきた。

どの店も、目移りするくらいにかわいい服ばかりだ。

「やっぱ、これだろ！」

「は？　誰が着んの？　センスないんだから、引っこんでなよ」

「おまえの選んだ服より、俺のほうがマシだろ！」

「どこが？」

店の中で言い合いを始める二人の横で、女性店員さんが困ったような笑みを浮かべている。

（どれもいいなぁ……）

その横で服をながめていたひよりは、フリルやリボンのついたワンピースを見つけて「おおっ！」と瞳を輝かせた。

それを手にとり、「うち、これがいい！」と見せる。

「「それはない」」

ふりむくなり、二人は真顔になってそう言った。

服に靴、アクセサリーなど一通りそろうと、二人がカウンターで会計する。

同時に財布をとりだそうとして、『ん？』というように顔を見合わせていた。

後ろで会計の値段を聞いていたひよりは、「ひええ〜〜！」と青くなる。

二人に背中をむけると、自分のがま口財布をとりだして開いてみた。

（ピンチの時に使おうと思ってとっておいたけど……い、いまがその時!!）

ひよりは小さく折りたたんでいた一万円札を引っ張りだし、ギュッと握りしめる。

これも、かわいくなるためだ。

愛蔵と勇次郎は肘で押し合いながら、「これで！」と支払いをしようとしている。

その二人をグイッと押しのけ、ひよりはお札をバンッとカウンターにだした。

「これで、お願いしま——す‼」

二人が「え？」という顔で、ひよりを見る。

（今月は……たまごかけご飯だけで我慢だぁ〜〜！）

店をでるころには、もう夕方になっていて空が茜色に染まっていた。

髪もカットしてもらったし、メイクもしてもらった。服のコーディネートもばっちりだ。

今までの自分なんて忘れて、まったく別人になった気分だ。

フワフワしたような足どりで歩いていると、先を歩いていた二人が足を止めて振り返る。

「前よりマシになったじゃん」

そう言って笑う二人を、ひよりはポーッとしたまま見つめていた。

「聞いてる？」

勇次郎が顔をのぞきこんでくる。

ようやく我に返り、「う、うん！」とあわてて返事した。

「さっさといってこいよ。王子様んとこに」

両手をズボンのポケットにしまって歩きだそうとした愛蔵に、ひよりは後ろからギュッと抱きつく。

愛蔵が「なんだよ⁉」と、びっくりしたように振り返る。

ひよりは愛蔵から腕をはなすと、隣で目を丸くしている勇次郎にガシッと抱きつこうとした。

けれど、手でグイッと顔を押さえて阻止され、思わず「グフッ」と声がでた。

せっかく、感動の抱擁をしようと思ったのに――。

「なんなの？」

勇次郎があきれた顔でそうきく。

「ありがとう‼　うち、がんばるけんね！」

ひよりは二人にそう言って、満面の笑みを浮かべる。

きっと、自分だけではこんなに変われなかった。

少しだけ、自信がついた。芋女でもヒロインになれると、そう思えた。


二人が少しだけおどろいたような表情になる。

それから、おたがいに視線をかわしてフイッと別々のほうに顔をむけていた。

顔をしかめているのは、多分照れ隠しなのだろう。

「……泣いてもどってくんなよ。面倒くせーから」

「もう絶対、芋女なんて、呼ばせんからね！」

ひよりは愛蔵に指をつきつけて、宣言するように言う。

「……呼ばねーよ」

愛蔵はつぶやくように言って、フッと表情を和らげた。

勇次郎がひよりの前にでて、スッとその手をとる。

手のひらにのせられたのは、見覚えのある小さな花のチャームだった。

ひよりはおどろいてそれを見つめる。

（うちがなくしたブレスレットの……）

　見つからなかったのに。もう、あきらめていたのに。

　パッと顔をあげ、勇次郎をみる。

「……幸運を」

　いつもよりほんの少しだけ優しい表情で言うと、勇次郎はひよりから手をはなした。

　胸の奥が少し熱くなる。

「うん……」

　ひよりは、花のチャームをギュッと手のなかに包みこんだ。

「ありがとう」

　瞳が潤みそうになるのをこらえて小さな声で言う。

　二人の応援が、今は素直にうれしい。

「「いってこい！」」

　パンッと、二人に背中を叩かれる。

　ふりむいたひよりは、「いってきます！」と笑顔で敬礼してみせた。

　それから少し深く呼吸して、緊張したように前をむく。

胸を張ろう。今日だけは、『ヒロイン』だ――。

顔をあげると、ひよりは弾むように駆け出した。

「……案外、うまくいくかもな」

愛蔵がポツリともらす。

「……それなら、それでいいんじゃないの？」

勇次郎は微笑を浮かべたまま、遠ざかるひよりの後ろ姿を見つめていた。

「それも、そうだ」

愛蔵は鮮やかに染まる夕焼け空に目をやり、眩しそうな顔をする。

「ところで……さっきの花の飾り、なんなんだ？」

「……ナイショ」

行ってきますね告白
heroine 7
～ヒロイン７～

当たって砕けたら
バカにして笑ってよ　お願い

＊♪ heroine7 ～ヒロイン7～

日が落ちて、七時を知らせる広場のからくり時計の音が聞こえてくる。

噴水のそばのベンチに座っていたひよりは、落ち着かないように空を見あげた。

（書店の近くで待ってたほうがよかったかな……）

それではいかにも待ちぶせしていたような感じがして、引かれてしまうかもしれない。

この広場を通らなかったら、ただの待ちぼうけで終わりだ。

それに、今日はダンスレッスンや用事があって休みかもしれない。

もし、ここで会えたら――。

その時には、うまくいく気がする。

出会ったのはただの『偶然』ではなく、やっぱり『運命』だったと信じられそうな気がした。

手をそっと開いて、握りしめていた花のチャームを見る。

その言葉で、勇気が出た気がした。

『幸運を……』

「……あれ？」

不意に声がして、弾かれたように顔をあげる。

街灯のそばで足を止めているのは、あの人だ。

ひよりは「あっ」と声をもらし、思わず腰を浮かせた。

「今日は雰囲気違うから……びっくりした。どうしたん？　誰か待ってるところ？」

彼はひよりをまじまじと見てからニコッとほほえんだ。

「う、うん……待ってた。会いたい人がいて……！」

うつむいて緊張した手で、スカートをギュッとつかむ。

彼は「え？」という顔をしてから、真面目な顔になってひよりのほうに歩いてくる。

「もしかして……俺、待っててくれた？」

ひよりはコクッとうなずいてから、ゆっくりと顔をあげる。

ギュッと唇を結んでから、「あの！」と思い切って口を開いた。

（大事なのは、勇気と……押し！）

「す…………っ、すき――――――――――‼」

「それ、待った――――‼」

言いかけた時、不意に生け垣の陰から声があがる。

その声にびっくりして振り向くと、愛蔵と勇次郎があわてたように飛び出してくる。

ひよりの腕をつかんで後ろにグイッと引っ張ったのは勇次郎だ。

反対側から、愛蔵がバッと口をふさぐ。

（えええええ〜〜⁉　な、なんでぇぇぇ⁉）

ひよりはふりしぼった勇気といっしょに、言葉をゴクンッとのみ込んだ。

ワタワタしながら二人を見ようとしたが、押さえられているので動けない。

「あれ……なんで、君らがここに？」

突然、割りこんできた二人を見て、彼があ然としたようにきく。

「それはこっちのセリフだ。なんでおまえがいるんだよ、海堂飛鳥（かいどうあすか）！」

ひよりの口を押さえたまま、愛蔵は彼をギッとにらみつけた。

（か、かいどう……あすか⁉）

それがこの人の名前だろうか。どうして愛蔵が知っているのか、さっぱりわからない。

飛鳥と呼ばれた彼のほうも、二人とは顔見知りのようだった。

けれど、友達同士という感じには見えない。むしろ、おたがいにピリピリとしている。

「俺はただバイトの帰りに通りかかっただけやけど……二人とも、その子の知り合いなん？」

「こいつは、うちのマネ見習い！」

飛鳥は「え？」と、おどろいたようにひよりを見る。

ひよりはそろそろ息苦しくなってきて、その場で足踏（あしぶ）みした。

愛蔵は飛鳥をにらんだまま、逆に押さえる手にギュッと力をこめる。

よけいに息ができなくて、ひよりは手を大きくふった。

「そういうことだから、こいつには二度と関（かか）わんな。じゃあな！」

愛蔵の手がようやく口からはなれると、「プハーッ！」と息をはきだす。

一呼吸する間もなく勇次郎に引っ張られ、よろけるように一歩でる。

（ま、待って〜っ!!　まだ、うち……告白……！）

「ちょって、待って！」

そう、声をあげて勇次郎の腕をつかんだのは飛鳥だ。

「まだ、話、終わってないんやから！」

「はぁ？」

勇次郎は思いっきり不愉快(ふゆかい)そうに顔をしかめて、その手をはねのけた。

「話って、なんの話？」

「いや、わからんけど……でも、俺に話、あるんやろ？」

飛鳥は真剣(しんけん)な顔をしてひよりのほうを見た。

「なんも話なんてねーよ。勘違(かんちが)い、気のせい！」

ひよりがうなずくよりも先に、愛蔵が突(つ)っぱねるように言う。

「いや、待ってたって言ってたし。なんで、それを君らが邪魔(じゃま)すんの」

「こいつと待ち合わせしてたのは、俺らだ!!」

愛蔵が「そうだよな⁉」と、ひよりをにらむように見る。

「えっ⁉　う……………っ」

「俺のこと、待ってたんよね？」

飛鳥が愛蔵を押しのけながらきいてきた。

「う……うち、話が…………っ」

ひよりはオロオロして、小さな声をもらす。

「ほら。話、あるって言うてるやん。邪魔せんといてや」

「人んちのマネ見習いに、なに気やすく話しかけようとしてんの？」

勇次郎が睨み合っている愛蔵と飛鳥のあいだに割ってはいった。

「そーだ。話あんなら、俺らをとおせ！」

「俺がその子と話するのは自由やろ。君らが干渉してくる権利はないと思うけど？」

「だから、なんの話だよ！」

「なんの話だってええやろ。関係ないのはそっちや！」

愛蔵と勇次郎につられたのか、普段温厚そうな飛鳥が、眉間にしわをよせて強い口調で言い返している。

(ケ、ケンカーッ‼)

三人とも一触即発の雰囲気だ。

ひよりのことなど忘れたように、言い合いに夢中になっている。

そこに割りこんできたのは、「待って〜〜！」という場違いに陽気な声だった。

走ってくる制服姿の男子を見て、「星空！」と呼んだのは飛鳥だ。

飛鳥といっしょにFT4のライブにきていた人だ。

「なんかわからんけど、俺も仲間にいれて‼」

「「誰だよ‼」」

愛蔵と勇次郎がけんか腰のまま、同時にツッコんだ。

「えっ⁉ 俺のこと覚えてないとかひどない⁉ ひどいよな〜めっちゃひどいわー。俺も、合同ダンスレッスンの時、飛鳥といっしょやったのに」

星空がニコニコしながら言うと、飛鳥が「はぁ〜〜」と疲れたようにため息をつく。

「星空、ちょっと引っこんでて。今、大事な話してる最中やから」

「大事な話？ なになに⁉ 俺を祝う会の相談⁉」

「誰もそんな話してない。もーええから、ちょっと黙ってて」

　愛蔵が不意に、「あっ！」と声をあげた。

「あの時、いきなり回転しながらタックルしてきただろ！」

「ハイハーイ、それ、俺ー！　華麗なる、シャイニングスペシャル星空ターンを見てもらおうと思って」

　星空は楽しそうに言いながら、両手をあげる。

　飛鳥が「え⁉」と、星空を見た。

「星空、そんなことしてたん⁉　いつ⁉」

「飛鳥が廊下で前っちと電話してるときー！」

「なにしてんの。子どもみたいに……」

　腕を組みながら、飛鳥はあきれきった顔になっていた。

「そーいえば……」

　勇次郎が急に冷たい目になって、愛蔵を横目で見る。

「あの時、愛蔵も僕にぶつかってきたよね？　後ろからドスッて」

「いや、あれは、弾き飛ばされたんだよ。あいつのシャイニングなんとかターンで！」

「だからって、なんで人、巻き込むの？」

「俺だって、被害者なんだから仕方ないだろ。だいたい、おまえだっていきなりミネラルウォーターのボトル、ぶん投げてきたくせに」

「やられたら、倍返しするに決まってるじゃん」

「あれ、顔に直撃して、鼻血でそーになったんだけど⁉」

「避ければよかったんじゃないの？」

勇次郎が鼻で笑いながら言い返す。


「あの〜うちのこと、忘れてませんか？」

おずおずと言ってみたが、四人ともひよりの話などまったく聞いていない。


「だから、もどってみたら目をまわして床に倒れてたん？　なにしてるんかと思ったら……」

「テンションあがって、いつもより回転しすぎた〜！」

「星空さ。前に部屋であの技やって、俺のマグカップ割ったやろ？」

「うん、割った……飛鳥がめっちゃ大事にしてたやつ」

「あの技は危険やから、人前ではもう絶対披露せんって言うたよな？　封印するって」

「レッスン室広いから、大丈夫だと思って……飛鳥、もしかして怒ってる？」

腰に手をやっている飛鳥を、星空がしょげたようにチラッと見る。

「怒るよ。大人しくしとくって約束したよな？　なのに、なんでやるの。人がちょっと目をはなした隙に」

「わかった……俺が悪かった。ビンタしてもええよ。でも、優しくして。痛いのイヤやもん！」

「そんな、頬なんか差し出さんでええから反省して！　ホンマに！」

お説教されている星空の横では、愛蔵と勇次郎の言い合いが続いていた。

「レッスンの時、ステップ間違えたふりして、人の足、ムギュッて踏もうとしてきたよな⁉」

しかも、思いっきり‼」

「人のほうによってきて、邪魔したのそっちじゃん！」

「よってねーよ！　やっぱ、わざとだったんだろ！」

「愛蔵だって、肩ぶつけてきたくせに！」

「そっちが先にやったんだろ！」

ガンッと勇次郎が愛蔵のつま先を踏みつけると、愛蔵がおかえしとばかりにドカッと勇次郎のあしを蹴りつける。

「ケンカはやめて〜〜!!」

止めようとしたが、二人の言い合いは余計にヒートアップするばかりだ。

おたがいの頬をつねり合いながら、足ではドカドカと蹴り合っている。

「この手、離せよ……!」

「そっちこそ!!」

「だいたい、出会った時から、気にくわなかったんだよ!!」

「こっちは出会う前から気にくわなかったから!!」

「俺だって、生まれる前から気にくわなかったんだよ!!」

「前世から気にくわなかったし!」

「俺なんか、宇宙誕生前から気にくわなかった!!」

「はっ!? バッカじゃないの!?」

「えっ、ちょっと、なんで君らがケンカしてんの!?」

飛鳥がつかみ合いを始めている愛蔵と勇次郎に気付いて、あわてて止めにはいろうとする。

「みんな、俺のためにケンカせんといて〜〜！」

「星空、be quiet!!」

飛鳥が星空をにらみつけて、ピシャリと言った。

「be quiet!? どういう意味〜〜!?」

（もう、わけわから〜〜ん!!）

混乱しすぎて、収拾がつかない。

四人とも、ギャーギャーワーワーと騒いでいる。

そのうちに、パトカーのサイレンの音が聞こえてきた。

「警察!?」

ひよりがあせって声をあげると、星空が「ひいい――――っ！」と頬を両手で押さえる。

「ポリスマン、きた――――!!」

ダッシュで逃げだす星空を見て、飛鳥が「あっ！」と声をあげた。

「ど、ど、どうしよう……どうしよう!!」

ひよりはうろたえて、その場で足踏みしながら青くなる。

(また、染谷君が捕まる〜〜〜!!)

そんなことになれば一大事だ。


(ここは、マネージャー見習いのうちが、なんとかせんと!)

ひよりは覚悟を決めた顔になり、バッと勇次郎の腕をつかんだ。

引っ張られた勇次郎が、「……え?」と声をもらす。

「ごめんなさ――――い!!」

ひよりは勇次郎を連れ、全速力で駆け出した。


「あーもう、知らね――!!」

愛蔵がそう叫んで、つられたように走りだす。

あっという間に四人の姿が見えなくなると、飛鳥だけがその場にポツンと取り残されていた。

「……なんで、みんな……逃げてんの?」

あっけにとられたように、飛鳥がつぶやく。

赤色灯の明かりとともに、サイレンの音は広場の前を通りすぎていった。

生け垣を見つけてその陰に飛びこむと、ひよりは勇次郎の袖をつかんだままガバッと身を伏せた。まわりをかこむ銀杏の木は、もうすっかり葉を落として枝だけとなっている。

「……あのさ、なんで隠れてんの？」

勇次郎にきかれて、ひよりは「……へ？」と間の抜けた声をもらして頭を起こした。

「だって、また、捕まると困ると思って……」

気付けば、サイレンの音は聞こえなくなっている。

どうやら、ただ広場の前を通りすぎただけだったらしい。

ひよりは「な、なんだ〜〜」と、胸をなでおろしてその場にペタンと座った。

大騒ぎして早とちりして、なにをやっているのだろう。

踵がヒリヒリしているのは、慣れない靴で走ったからだ。

美容院で整えてもらった髪も、すっかりボサボサになっている。

（魔法、解けちゃったなぁ……）

二人がかけてくれた、今日一日だけ『ヒロイン』になれる魔法だったのに——。

ひよりはため息をついて、靴を脱ぎ捨てた。

足が汚れたところで、今さら気にする必要もない。


「…………ごめん」

隣に腰をおろした勇次郎が、聞き逃しそうなほど小さな声でもらした。

ひよりは、「え？」とその顔を見る。

「告白……ぶち壊して……」

勇次郎はうつむいたままだ。まわりが暗いせいもあってその表情は見えない。

ただ、声がひどく落ちこんでいるように聞こえた。

ひよりはおどろいたように瞬きしてから、ついおかしくて笑いだす。

「……なに、笑ってんの？」

勇次郎はムッとしたのか、少しだけ顔をあげてきいた。

「だって……っ」

少しだけ息を深く吸いこんでから、勇次郎を見る。

（ほんと……）

フニャッとした笑み(え)が、いつの間にかこぼれていた。

（しょうがない人だなぁ……）

どうして、二人が急に飛びだしてきたのか、飛鳥とどうして仲が悪いのかわからない。
でも、今は聞かなくていい気がした。
いつか、話してくれることもあるだろう——。

脱いだ靴を両手で持ったまま、ひよりはペタペタと歩く。
素足(すあし)に伝わってくるヒンヤリとした冷たさが心地(ここち)よかった。
広場に引き返すと、街灯のそばのベンチに飛鳥が一人で座っている。
てっきり、もう帰ってしまっていると思っていたのに——。

ひよりが立ち止まると、飛鳥も気付いたのか顔をあげた。

携帯をポケットにしまうと、ベンチから立ち上がって、ゆっくりとした足どりでやってくる。

「……なんで、裸足に？」

飛鳥はふとひよりの足もとに視線をやり、不思議そうに首をかしげた。

「あっ、これは！」

あわてて靴をはくと、乱れたままになっている髪も急いで整える。

そんなひよりを見て、飛鳥がフッと目を細めた。


「星空君、どこいっちゃったんかな……」

ひよりは二人きりなのが落ち着かなくて、広場を見まわした。

星空の姿は見あたらない。等間隔にならんだ街灯の明かりが、広場を照らしていた。

噴水の水は止まっていて、たまった水が静かに夜空を映している。

「星空なら、どっか走ってるみたい」

飛鳥は「なにやってるんやろな」と、手に持っていた携帯に視線をやってから苦笑する。

「それなら、さがしにいったほうが！」

「まぁ、大丈夫やろ……さっき、連絡しておいたから」

飛鳥は携帯をポケットにしまうと、ひよりと向き合う。

「それに、今は大事な話あるし……さっきは、ちゃんと話、聞けんかったから」

優しい声で言われて、ひよりはドキッとした。


「もしかして、それで……？」

（待っててくれたのって、星空君じゃなくて……うちのこと？）

急に緊張してきて、ひよりはスカートを無意識に両手でつかむ。

飛鳥もこうして待っていてくれた。伝えるのは今しかない。それがわかっているのに。

自分の心臓の音が速くなるのを聞きながら、ひよりは足もとを見つめる。

用意していたはずの言葉が一つも出てこなかった。


「手紙」

と、先に口を開いたのは飛鳥のほうだ。

「くれたよな？」

そうきかれて、ひよりは弾かれたように顔をあげる。

「なんでうちだって……名前、書き忘れてたのに」

「内容から、なんとなくそーかなって……シェイクスピアの話したの、君だけだったから。そ
れにいつも書店にきてくれてたし」

（ちゃんと読んでくれてたんだ……！）

今日、ひよりが待っていた理由も、きっとわかっているだろう。

わかっていて、ここでこうして待っていてくれた。

それだけで、嬉しくて胸がいっぱいになってくる。


「やっぱり……優しいなぁ……」

ひよりはジンワリと熱くなる目頭を手の甲で押さえながら小さく笑った。

「俺、そんなに優しくないよ……」

飛鳥はわずかに視線をさげると、ポツリとつぶやくように言う。

それから、真剣な表情になってひよりを見た。

「今は、どうしてもやりたいこと……というか……やらなきゃいけないことがあって……誰か
一人だけの気持ちを受けとれんから」

「うん……」

「でも、気持ちはすごく嬉しかったよ。手紙も……それは本当やから！」

ひよりは「うん」と、小さくうなずいた。


ごめんな、なんて言葉はいらない。

最初から、わかっていたことだ。

精一杯、応えてくれた——それだけでじゅうぶんだ。


「海堂君の、やりたいことって……きいてもいい？」

「あの二人と同じとこ……目指してる。星空といっしょに」

「それって、アイドル……？　海堂君、アイドル目指してるの⁉」

ひよりはびっくりしてきく。

「まだ、全然やけど……」

飛鳥は頭の後ろに手をやって、気恥ずかしそうな顔をする。

だから、ＬＩＰ×ＬＩＰの二人とも顔見知りで、ダンスレッスンもいっしょだったのだろう。

それに、いつも女子たちに騒がれていた理由もわかった気がした。

「すごい！　うちも絶対、ファンになる!!」

ひよりは瞳を輝かせながら、つい興奮したように声を弾ませた。

「ええの？　あの二人のマネージャー見習いやろ？　俺らとは事務所も違うのに」

「ファンになるのは自由だもん」

飛鳥と星空がデビューすれば、あの二人とも同じライブに出演することもあるだろう。

ひよりは「早く、みたいなぁ」と、口もとをほころばせた。

考えただけで、胸がドキドキしてくる。


「そういえば、名前……なんて言うん？」

「えっ、うち!?　うちは……涼海……ひよりです！」

少しあせって答えると、ペコッと頭をさげる。

「ひよりちゃん……君、ええ子やな」

そう言われて赤くなったひよりは、ブンブンと大きく首をふった。

「あの二人のマネージャー見習いにしとくの、もったいないな。引き抜きたいくらいや」

少しだけ冗談めかした口調で、飛鳥が言う。

「うちにも……わかるよ！　海堂君の気持ち」

誰か一人のためではなく、応援してくれる、必要としてくれるたくさんの人たちのために。

自分の全部をかけて、夢を叶えようとする。

そういう人を、知っているから――。


「だから、応援するっ!!」

ひよりは精一杯笑顔をつくる。

そんなひよりを見て、飛鳥もフッと優しい表情になった。

「……いつか、俺らのライブやることになったら、みにきて」

「うん、いく。絶対いく！」

「あの二人に負けんからね」

「……うん」

うなずいたひよりに、飛鳥が一歩だけ歩みよる。

「ありがとう」

その言葉を聞いた途端に胸がいっぱいになって、もう一度「うん……」と返した声がかすかにふるえた。

（うちこそ……）

「じゃあね!!」

ひよりはクルッと背をむけると、走りだす。

絶対に、泣かない。涙はいらない。

自分にそう言い聞かせながら、ひよりはグッと上をむく。

最後は笑顔で――。

そう、決めていた『恋』だ。

♪ ✻ ❀ ✿ ♫

広場を抜けて、細い階段坂をあがると、勇次郎が手すりに浅く腰かけていた。

風が空に広がっていた雲を押し流し、薄い光を放つ月が姿を見せる。

「染谷君……」

小さな声で呼ぶと、勇次郎がトンッと地面におりて振り返った。
立ち止まったひよりは、少しふるえそうになった唇をキュッと結ぶ。
それから、足をそろえて敬礼してみせた。
「涼海ひより。思いっきり、当たって砕けましたっ‼」

バカにして笑ってよ。

我慢しようと思っていたのに、せっかく無理をして作った笑みが崩れた。
ボロッと、大粒の涙がこぼれる。

お願い――。

（絶対、泣かないって決めてたのになぁ……）
うつむくと、止まらなくなった涙がクシャクシャになった顔を伝う。

「……話、できた？」

そばにやってきた勇次郎がきく。その声はいつもよりもほんの少しだけ優しい。

ひよりはコクンとうなずいた。

その頰に、勇次郎がペタンと手を触れる。

びっくりして顔をあげると、勇次郎が自分の服の袖でゴシゴシと涙を拭ってくる。

思わずギュッと目をつむり、逃げるように後ろに一歩下がった。

「クッ」という声が聞こえて片目をそっと開けると、勇次郎が笑っている。

「……ひどい顔になってる」

「えっ、どんな⁉」

ひよりはバッと両手を頰に当てた。

「ウソ」

勇次郎はイタズラっぽく笑うと、足のむきをかえてさっさと歩きだした。

その背中をポカンとして見送っていると、勇次郎がふり返る。

「帰んないの？」

「か、帰る！　帰るよ！」

ひよりはハッとして返事した。

頬を押さえてみるとまだ湿っていたけれど、もう涙はこぼれてこない。

初めて恋をして、ドタバタしたまま失恋して。喜劇みたいな恋だった。

（やっぱり……悲劇なんていらないね）

ひよりはポケットから花のチャームをとりだす。

それを見つめていると、自然と笑みがこぼれた。

大きな夢を追いかけている勇次郎と愛蔵。それは、飛鳥や星空も同じだ。

みんな、全力で『今』を駆けぬけていく。

だから――。

（うちも、がんばらんとね）

よそ見なんてしていたら、みんなにおいていかれそうだ。

ひよりは花のチャームを握りしめて、先を歩いている勇次郎に追いついた。

「そういえば……柴崎君、どこいったんかな？」

「まだ、どっか逃げまわってんじゃないの？」

前をむいたまま、勇次郎は楽しそうな顔でそう答えた。

「なーなー、どこまでいくん？　俺、もうダメ……へばった！」

愛蔵の横を走っていた星空が、ギブアップとばかりに立ち止まる。

「知るか！　というか、なんでついてくるんだよ！」

つられたように足を止めると、愛蔵は顔をしかめて星空を見る。

二人とも、ゼーゼーと息をはいている。

「え～そんなつれないこと言わんといてよ。俺と愛蔵の仲やん！」

「なんで、呼び捨てなんだよ⁉」

「だって、俺のほうが一つ年上。上級生特権――――！」

星空はニコニコして言いながら、片手をあげた。

「はぁ⁉　年上⁉」

「俺、飛鳥よりもいっこ上やも―ん」

「うっそだろ……」

愛蔵は信じられないというような顔になる。

「だから、俺のことは星空様とか、星空センパイ様々って呼んでくれてええよ～？」

「誰が呼ぶか！」

「うそうそ。星空でええし。なんなら苺ちゃんでもええで～。特別に！」

星空は楽しそうに、その場でステップを踏んでいる。

「だいたい、なんで逃げてんだよ」

「えっ、ノリ？」

星空に言われて、愛蔵はガクッとなる。

（つられた……!!）

「さっさとあいつんとこ戻れよ。待ってんだろ？」

愛蔵は両手をポケットにしまって歩き出す。

「飛鳥なら大丈夫。ちょっと用事あるって、さっき連絡きたから。俺、愛蔵といるって言っておいた～！」

「なんでだよ!?」

「おもしろそーやもん。なーなー、腹減らん？　ラーメン食って帰ろ。愛蔵のおごりで」

隣にならんだ星空が、あごに指をそえながらニヤッと笑う。

「だから、なんでそうなるんだよ!?」

「だって、財布忘れてきたー」

「はぁ!?」

「俺、とんこつ醬油ラーメン！　チャーシューもりもりで!!」

「飛鳥んとこもどって、連れていってもらえよ！」

「ええやん、俺と愛蔵の親睦会〜〜！」

「だからって、なんで俺がおごらなきゃならないんだよ！」

「じゃーっ、出世払い！」

「出世する予定があんのか〜？」

「任せて。俺も飛鳥も、そのうちスーパーウルトラビッグアイドルになるから!!」

星空はあごに人差し指と親指を押し当てながらニッと笑う。

「あーそーですか……」

愛蔵は疲れたように、「はぁ〜」とため息をもらした。

い、い、いじわる…！
涼海ひより
?
海堂飛鳥

heroine 8 ～ヒロイン 8～

染谷勇次郎（そめやゆうじろう）

2月22日生まれ
うお座　B型
高一　帰宅部
ひよりと同じクラスで
人気ユニットLIP×LIPのメンバー。
ぶっきらぼうで
素直になれない一面も

＊♪ heroine 8 ～ヒロイン８～ ✿♫❀

週末の遊園地は、天気も良好だったため、大勢の人でにぎわっていた。

そのなかで開催されているのは、『LIP×LIP』のPRイベントだ。

パレードにくわわった二人が、小さな子たちに風船を配る。

ファンの子たちも集まっているから、周囲から「キャーキャー」と声があがっていた。

そのなかで、愛蔵と勇次郎がにこやかに手をふっている。

ひよりは少し離れた場所から、その様子をながめていた。

パンダの着ぐるみを着ているから、この場に知り合いがいたとしても誰もひよりだとは気付かないだろう。今日一日、このかっこうで二人の手伝いだ。

(これから、またいそがしくなるんかなぁ……)

ぼんやりと思いながら、空に目をやる。もうすっかり冬色の空だ。

十二月に入ったから、晴れていても風は冷たい。

夏のライブが終わってからつかの間、あわただしさから解放されていたが、またすぐに次のライブが控えている。ひよりもスタッフとして準備に追われることになるだろう。


「これからは、恋よりも仕事に生きる!!」

ひよりは決意をこめてこぶしを強くにぎった。

ほんの少しだけ胸がチクッとして、にじみそうになった涙をこらえる。

これがきっと、『失恋の痛み』というものなのだろう。


「ねーねー、こいよりしごとってなにー!」

「パンダさーん、パンダさーん」

「風船ちょーだーい!! 赤がいい――!!」

まわりに集まってきた子供たちが、腕を引っ張ったり、風船に手を伸ばそうとして飛び跳ねたりしている。

「わあぁ、待って待って〜〜!」

ひよりはあわてながら、風船を小さな手に渡した。

その時だ——。

「キャーッ!!」

急に聞こえた悲鳴にびっくりして振り返ると、マスクをした男が女性を突き飛ばしている。

男が抱えているのは、女性のバッグだろう。

カップルを押しのけながら、逃げようとしているところだった。

「ひったくり!?」

ひよりはあせって、あたりを見まわす。

警備員が追いかけようとしていたが、パレードを見物する観客に阻まれてしまっていた。

男がむかっている先には、風船を配っている勇次郎がいる。

ファンの子たちにとりかこまれていて、ひったくりの騒ぎには気付いていないようだ。

このままでは、巻き込まれる。

(染谷君!!)

ひよりは風船を放りだし、考えるより先に飛びだしていた。

着ぐるみを着たまま、男を全速力で追いかける。

先に突進してくる男に気づいたのは、愛蔵だった。

「勇次郎、後ろ!!」

愛蔵の声で、勇次郎が「え?」と振り返る。

「退け!!」

男が腕を大きくふりながら怒声をあげた。

(この〜〜〜〜!!)

ひよりは地面を蹴ると、思いっきり男にタックルする。

勢いあまって倒れる時、一瞬だけ足首に痛みが走った。

そのまま、男を下敷きにして地面に転がる。

勇次郎は目を大きく見開いたまま、軽くよろけてペタンと尻餅をついていた。

「キャアーッ!」

悲鳴をあげたのは、まわりにいたファンの子たちだ。

数人の警備員とスタッフたちが、ようやく駆けつけてくる。

（よかった〜〜、間にあった）

ひよりは胸をなでおろし、ヨロヨロしながら立ち上がる。

着ぐるみに押し潰されたひったくり男は、バッグをつかんだまますっかりのびていた。

（びっくりしたなぁ……）

遊園地のバックヤードにある休憩室にもどると、着がえを終えてからパイプ椅子に腰をおろした。

まだ、心臓の音が速いままだ。

足首に手をやり、軽くさすってからフッと息をはく。

それほど休憩している時間はないだろう。すぐにもどらないと——。

そう思っているとドアが開き、ビニール袋をさげた勇次郎がはいってきた。そのまま、パタンとドアを閉める。

「あれ……柴崎君は？」

「まだ、風船配り」

勇次郎はそう答えると、ひよりのほうに歩いてくる。

（機嫌……悪そうだなぁ……）

目の前に立った勇次郎はひよりをジッと見てから、いきなりゴンッとゲンコツを落とす。

「痛った〜〜！」

ひよりは両手で頭を押さえた。

「な、なんで!?」

（うち、またなにか失敗……）

「無茶しすぎ！」

勇次郎は怒って言うと、プイッと横をむく。

（あ……っ）

「あれはつい……それに、うちは着ぐるみだったし！」

多少の衝撃には耐えられると思ったからで――。

勇次郎ににらまれて、ひよりは首をすくめた。

（やっぱり、染谷君……怒っとる!?）

「少しは考えて行動しなよ」

「だって、危ないって思って……」

「それがわかってんのに、なんで自分から体当たりしにいくの？」

「それは……っ」

風船を配っていた勇次郎の姿が浮かんできて、ひよりは口を閉じた。

「そういう余計なお節介、いらないって……前に言ったよね？」

「小さい子もまわりにいたからだよ！」

「自分だって似たようなもんじゃん」

「ほっとけんかったんだもん！　逃げられそうだったし……」

「それ、マネージャー見習いの仕事？」

「違うけど……警備員さん、間に合わんって思ったから」

「だからって、後先考えず飛びだしていくとか、バッカじゃないの」

腕を組みながら、勇次郎があきれたように言う。

「どうせ、うちは考えなしのバカだよ！」

「わかってんなら、反省すれば？」

「染谷君だって、いっつも無茶するし、反省もしとらんくせに！」

ついムキになって言い返すと、勇次郎が「は？」と眉間のしわをいっそう深くする。

（い、言いすぎた〜〜）

そう思ったものの、引っこみがつかない。

それに、ひったくりの男も警備員に連行されたし、女性のバッグも無事だった。

結果的にはよかったのだから、怒られなければならない理由はないはずだ。

「うちは、間違ったことしとらんよ！」

ひよりは勢いよく立ち上がって、そう言い張った。

「わからずや！」

「そっちこそっ！」

「……勝手にしなよっ！」

勇次郎は苛立ったように言って、机にビニール袋を投げ捨てる。

それ以上ひよりと目を合わせることなく、さっさと休憩室をでていった。

「言われんでも……勝手にするよ！」

ひよりはドアが閉まってから、腹立ちまぎれにつぶやく。

机に残されたビニール袋のなかから、紅茶の缶がコロンッと転がりでた。

それに気付いて、机に歩みよる。

いっしょに袋のなかにはいっていたのは、冷却パックだ。

それを手にとると、ひよりは唇を結びながらうつむいた。

♪ ＊ ✿ ✿ ♫

翌週の土曜日、ひよりは新曲のMVの撮影に同行していた。

撮影の合間の休憩時間になると、スタッフの女性といっしょに準備していたケーキや飲み物を配る。

「お疲れさまです！」

愛蔵にコーヒーのカップを渡してから、勇次郎にもカップを差し出す。

「人がコーヒー飲めないことくらい、把握しときなよ。マネージャー見習いなんだから」

勇次郎は機嫌の悪い声で言うと、カップを受けとらずに離れていく。

（そ……そんなこと、知らんよ!!）

ひよりはムカーッとして、頬をふくらませた。

カップに口をつけようとしていた愛蔵が、「なんかあったのか？」ときく。

「なんにもない!!」

怒った口調で答えると、ひよりはコーヒーをグイッと一気に飲みほした。

苦くて、思わず唇がへの字に曲がる。

（……うちも、コーヒー苦手だった～～!!）

撮影が終わって事務所にもどったのは、夜の八時すぎだった。

内田マネージャーに頼まれて、いつものように二人の夕食を買いこみ、自転車でダンススタジオにむかう。

「あんな言い方せんでもいいのに！」

思い出すと余計にムカムカしてきて、ペダルをいつもより強く踏む。

スタジオにつくと、二人はちょうど休憩の時間だった。

ひよりがバンッと休憩室のドアを開いてなかにはいると、Tシャツを着がえようとしていた愛蔵が、「うわっ！」とびっくりしたような声をあげる。

「急にはいってくんなよ!!」

ひよりはその声を無視して遠慮なく踏みこむと、ドサッとビニール袋を机の上においた。

「こっちが柴崎君のカツサンドとブラックコーヒー！」

そう言いながら、とりだしたパックと缶コーヒーをならべる。

「それと、染谷君の大好物の……ミルクココア!!」

ひよりは一リットルサイズのミルクココアが数本はいったビニール袋を、椅子に座って携帯を見ていた勇次郎の前にドンッとおいた。

「……は？」

勇次郎がイラッとしたように眉根(まゆね)をよせる。

「お邪魔(じゃま)しました!!」

ひよりは休憩室をでてドアを閉めた。

グッと顔をあげ、「負けんからね!」とこぶしを握(にぎ)る。

翌週の放課後、ひよりは陸上部の練習にでていた。

三年の先輩(せんぱい)たちはすでに引退したため、今は二年生と一年生だけだ。

百メートル走とハードル走のタイムを測定し終わると、ひよりは校庭のすみに移動する。

バッグのうえにおいていたタオルをとってから、ズキズキしている足首に視線をやった。

「ひよりちゃん」

二年の測定が終わると、雛がそばにやってくる。

「瀬戸口先輩!」

ひよりは少しだけ片足を後ろに引きながら、笑みをつくった。

「調子悪そうだったけど……大丈夫？」

そう言って、雛が心配そうに見つめてくる。

「ちょっと、くじいちゃって……でも大丈夫です！」

「ええっ⁉　大丈夫じゃないよ。悪化したら大変なのに。もーっ、なんで先に言わないの？」

雛が怒ったような顔になり、腰に手をやる。

「すみません……治ったかなーって思って……」

「昨日も長距離走ってたのに。今日はもう帰って、病院でちゃんと診てもらうこと！」

「で、でも、まだみんな練習しとるし……見学だけでも！」

「先輩命令だよ！」

雛にピシッと言われて、「はい！」と姿勢を正す。

「じゃ、顧問の先生には言っておくから。これ、部室の鍵ね」

雛がそばを離れると、ひよりは受けとった鍵を見て肩を落とした。

（迷惑かけちゃったなぁ……）

タオルをバッグにしまい、それを手にトボトボと校庭のすみを歩く。

ふと顔をあげると、勇次郎の姿が目にはいった。正門にむかう途中だったのだろう。

足を止めてひよりを見ていたようだが、すぐにフイッと顔をそむけて歩きだす。

「勇次郎君、バイバーイッ！」

女子たちに声をかけられると、勇次郎はいつもと変わらない笑顔で手をふっていた。


部室に一人もどると、ひよりは着がえをすませる。

ジャージをバッグにしまう時、ふと手が止まった。ポケットからのぞいているのは、冷却パックだ。まだ未開封のそれをとりだすと、ギュッと握る。

（見られてたんかな……）

百メートル走も、ハードル走も、情けないくらいひどいタイムだったのに。

『……なにやってんの？』

と、あきれられているような気がした――。

翌日の昼休み、ひよりが屋上にいくと、愛蔵がフェンスにもたれながら携帯を見ていた。薄ぐもりの天気で風も冷たいが、教室で女子たちにかこまれているよりは落ち着いてすごせるのだろう。

ひよりが隣にならんで同じようにフェンスにもたれても、愛蔵は携帯の画面を見つめたままだった。

「……やっぱり……うちが悪かったかも……」

うつむいたまま、「ごめん……」と落ち込んだ声で謝る。

「……そう思ってんなら、あいつに直接言えよ」

ため息をついてから、愛蔵はようやくひよりに視線を移した。

風が二人のブレザーの裾を、パタパタと揺らす。

「だって……絶対、まだ怒っとるもん……」

「それはねーよ」

「……なんで、わかるん？」

自分の上履き(うわば)を見つめていたひよりは、顔をあげて愛蔵を見た。

「そういうやつじゃないから」

「……いっつもケンカばっかしとるのになぁ」

「いいから、さっさといってこいよ」

少しだけ顔をしかめると、愛蔵は携帯に視線をもどした。

「………ついてきて〜」

ひよりはギュッと愛蔵のブレザーの裾をつかむ。

「はぁ⁉　なんで、俺が！　おまえらが始めたケンカだろ！」

「そうだけど〜」

冷たい顔で、『もう、近づかないでくれる？』とか言われたらショックだ。

「マネージャー見習い、なんだろ！」

「そ、それは……そうだよ！」

次のライブにむけて、またこれからいそがしくなるのだ。

それなのに、気まずいままでは仕事にも支障がでる。

「んじゃ、自分でなんとかしろ」

ひよりは「うん……」とうなずいてから、グッとこぶしをにぎる。

「な、なんとかしてくる！」

ひよりがそう言うと、愛蔵はふっと笑って背中をパシッと叩いてきた。

急に屋上のドアが開き、「あ〜、こんなところにいたー！」と女子たちが声をあげる。

愛蔵とひよりはギクッとして、あわてて距離をとった。

「あれ、なんで涼海さんといっしょにいるの？」

女子にきかれて、愛蔵が「えっ!?」と動揺したような声をもらす。

「いや……いっしょにいたわけじゃないけど？　俺、一人でここにいたんだし」

ガバッと花壇のそばにしゃがんだひよりは、「パンジーが綺麗にさいとるなぁ！」とひとり言をもらす。かなり不自然だっただろう。それをごまかすように、「アハハ……」と笑った。

「なーんだ、涼海さん、園芸部だったんだ」

「そーだ。愛蔵君、明智センセーがさがしてたよー？」

「え？　なんで？」

愛蔵は携帯をズボンのポケットに押しこむと、女子たちといっしょにドアのほうにむかって歩きだす。

「怒られるようなこと、なにかしたのー？」

「してないって」

楽しそうな女子たちの笑い声が聞こえなくなると、ひよりは安堵して胸にたまった息をはきだした。

それから青紫色や赤紫色の小さな花を咲かせているパンジーに目をやる。

この屋上花壇は、園芸部の雛や虎太朗が手入れしているものだ。

（瀬戸口先輩、ごめんなさい～～！）

とっさのこととはいえ、園芸部のふりをしてしまったのは心苦しい。

ひよりは「かわりに、草抜きだけでもしておこう……」と、枯れ草を引っこ抜いた。

ひよりは校舎に戻ると、勇次郎の姿をさがしながら廊下を歩く。

校内放送が流れるなか、生徒たちが教室を出入りしていた。

（染谷君……授業が終わるとすぐにでていったし）

愛蔵といっしょに屋上にいなかったということは、一人で時間を潰しているのだろう。

（だったら……）

ひよりは階段をあがって、シンッと静まっている廊下をパタパタと駆けていった。

むかったのは、廊下のすみにある音楽室だ。


そっとドアを開いてのぞいてみると、ピアノの音がもれてくる。

やっぱりここだったと、ひよりは少し緊張しながらなかにはいった。

グランドピアノの前に座っていた勇次郎は、ドアの開く音に気付いていたはずだが振り向かない。暇そうに、鍵盤をポロポロと弾いている。

その音が不意に止まった。

「……なに？」

「あ……えっと……」

ドアのそばに突っ立っていたひよりは、迷うように視線を下げた。

（ちゃんと、謝らんと……いけんよね！）

勇次郎はもう弾く気がなくなったのか、パタンと鍵盤の蓋を閉じて立ち上がる。

ひよりはそのそばにいくと、後ろに隠すように持っていたパックジュースを、バッと差し出した。勇次郎がよく飲んでいる、ミルクココアだ。

「ごめん!!」

思い切ってそう言ってから、「うちが……悪かった、です……」と声を小さくする。

心配してくれたのだと、最初からわかっていたのに。

「……と……ありがと………」

そうつけ加えるように言って、ソロッと勇次郎に視線をむけた。

勇次郎は無言のままだ。

（やっぱり……まだ、怒って……）

うつむいてギュッと目をつむっていると、スッと手からパックが抜きとられる。

それでコツンッと頭をこづかれて、ひよりは片目を開けた。

目を細め、『しょうがないやつ』というように笑っている勇次郎に、急に胸がトクンと鳴る。

勇次郎はミルクココアのパックを手に、音楽室をでていった。

（あ……あれ……？）

急に熱っぽくなった頰に、手を当ててみる。

なぜか、いつもよりも少しだけ――。

「気のせい、気のせい！」

ひよりはひとり言をもらすと、パタパタと後を追いかけていった。

MILK COCOA

今日から

heroine 9 ～ヒロイン９～

"ヒロインになれ"

＊♪ heroine 9 ～ヒロイン9～ ✿♫✿

日曜日の午後、ひよりは自転車を飛ばして都内の撮影スタジオにむかった。

午前中だけ部活に出ていたため、制服のままだ。

（もう、撮影、始まってるんかな……）

玄関口のドアを開いてはいると、ひよりはいそがしく動いているスタッフたちに挨拶する。

遅刻することは伝えてあったが、遅れてはいるのは少々気まずい。

内田マネージャーの姿をさがしてキョロキョロしていると、「あっ、いた！」とスタッフの一人がひよりを指さして大きな声をあげた。

「ひよりちゃん、きましたー!!」

「急いで。撮影遅れてるから!!」

そんな声とともに、鬼気迫る形相のスタッフたちが駆け寄ってくる。

「えっ、えっ、な、なに!?」

うろたえているあいだに、ガシッと腕をつかまれた。

わけのわからないまま、スタッフに引っ張られて廊下を走る。

放りこまれたのは、『関係者控え室』と書かれた部屋だった。


「ちょっと、なんでこの子、こんなに髪がボサボサなの⁉」

連れてこられたひよりを見るなり、スタイリストの女性が眉をつりあげる。

ひよりはおびえながら、「部活の後で……」と答えた。


(うち……なんか、いけんかったんかな⁉)

午前中の部活で長距離を走った後、三十分ほど自転車をこいできたから、朝整えてきた髪もすっかりクシャクシャになっている。

ドレッサーの前の椅子にドカッと座らされた途端、女性スタッフたちが群がってきた。

「もーっ、どんなシャンプー使ったらこんな事になるの⁉」

グイッと髪を引っぱられ、「ウキャァ!」と思わず声がでた。

「コテーッ!」

大きな櫛で髪をグイグイととかしながら、スタイリストの女性が大きな声をあげる。

そのあいだにも、別の女性が横から次々と謎の液体を顔に塗りつけてきた。

垂れてきた液体が目にはいって、思わず瞬きする。

（しみる――――！）

「衣装はーっ⁉」

「準備できてまーす！」

「ウィッグ、持ってきてー！」

そんな声が、ひよりのまわりで飛び交う。

こんなことは、今日の仕事には含まれていなかったはずだ。

昨日のミーティングでは、いつも通りスタッフの手伝いをすることになっていたのに。

（なんで、こんな目に…………っ！）

ひよりが泣きそうになって目をこすろうとすると、メイクをしていた女性が「ギャーッ！」

と悲鳴をあげて腕をつかんできた。

「触るの禁止‼」

♪ ＊ ❀ ✿ ♫

「ひよりちゃん、ＯＫです！」

控え室から放りだされたひよりは、はき慣れないハイヒールのせいでバランスを崩し、「わっ！」と転けそうになる。その拍子にドレスの裾をギュッと踏みつけた。

バラの飾りがついた真っ赤なドレスだ。

カールしたウィッグには同じ色のバラの髪飾りがついている。

控え室の鏡で自分を見たけれど、まったくの別人のようだった。

今のひよりを見ても、ほとんどの人は気づかないだろう。

スタッフの人たちの話では、アイドルの子が体調を崩してこられなくなり、急遽、体型が似ているひよりが代役としてでることになったらしい。

ドアの前で待っていたのは、内田マネージャーだ。

彼女はひよりの頭の先からつま先まで点検するようにじっくりながめると、「思ったより、マシだわ」と満足そうにうなずいた。

「あの……うち……やっぱり……ムリです！」

踵を返して控え室にもどろうとすると、ガシッと肩をつかまれる。

「大丈夫、どうせ後ろ姿しか写らないんだから！」

「で、でも、撮影とか初めてでわからんし……!!」

「ギャラ、弾むわよ？」

(ギャ、ギャラ⁉)

ひよりは真剣な表情になり、クルッとむきなおる。

そういうことなら話は別だ。この一月、たまごかけご飯だけで毎日我慢してきたのだ。

(これも、お肉のため！)

キラキラの半額シールがついたパックを思い浮かべながら、ギュッとこぶしを握る。

「が、がんばります!!」

「よしっ、いってこい！」

内田マネージャーはひよりの肩を叩いて、ニッと笑った。

♪ ＊ ✿ ✿ ♫

今日撮影されるのは、アイスの広告に使われる写真だ。バニラアイスと、チョコアイスをイメージしたポスターを作るらしい。

ひよりはスタッフの人に急かされながら、スタジオにむかう。

(あの二人だって、どうせうちだって気づかんよね)

何もしないで、ただ人形のように突っ立っていればいいだけだ。

内田マネージャーが言っていたとおり、写るのは後ろ姿だけ。

メインはあの二人なのだから、言ってしまえば『おまけ』みたいなものだ。

(大丈夫……絶対)

ひよりは緊張している胸に手を当て、深呼吸した。

スタジオのなかにはいると、スタッフたちがバタバタしている。

機材のそばで打ち合わせをしていた二人を見つけた途端、ドキンッとして足が止まった。

勇次郎のほうは白の上着と同色のズボン、愛蔵のほうは黒の上着とズボンという姿だった。

二人の襟もとを飾るのは、金色のタイだ。バレンタインに合わせて発売されるアイスとあって、いつもよりも衣装が大人びている。


(う……………うわぁ…………)


うつむいたまま、ひよりは足を前にだした。

不自然なほどギクシャクした歩きかたになる。

普段なら、撮影している二人を見ていても、『すごいなぁ』くらいにしか思わないのに。

今日は心臓が飛びだしそうだった。


目が合わせられなくて、二人の前を素通りする。

そのままゴンッと壁に激突してしまい、「いたっ!」と思わず声がでた。

「ああっ、君、こっち、こっち!」

スタッフの人がやってきて、ひよりを引っ張っていく。

「準備OKでーす!」

そんな声があがり、スタッフたちがそれぞれの場所にスタンバイしはじめる。

（心の準備がまだ〜〜〜!!）

二人の前に連れていかれたひよりは、カチカチになったまま足もとを凝視していた。

二人の視線が突き刺さる気がして、顔をあげられない。

（どうか……うちだって、気づきませんように……！）

あの二人のことだ。ひよりだとわかったら――。

『は？　なにそのかっこう？　なにやってんの？　仮装大会？　ハロウィンはとっくにすぎたけど』

『トマトの仮装かよ〜〜』

（って……絶対、絶対、言う〜〜！）

ひよりは小さく震えながら、自分のスカートを両手でつかむ。

二人ともなにも言わないし、声もかけてこない。

「愛蔵君のほうから、先、いけますかーっ？」

「はーい」

愛蔵が返事して、ひよりの背中を強く押す。

よろめきながら移動すると、クルッと後ろをむかされた。

設置されているカメラに背をむけて立つと、落ち着かなくてつい足踏みする。

緊張でカチカチだ。


「撮影、始めまーす！」

そんな声に、肩が小さく跳ねた。

あせって離れようとすると、逃げるなとばかりに腕をつかまれる。

「………叫ぶなよ」

ささやくように言われて、「え？」とひよりは顔をあげる。

背中にまわされた腕に抱きよせられて、思わずでそうになった声をゴクンッとのみこんだ。

（わ、わああ〜〜〜〜ん、助けて〜〜〜〜!!）

ひよりは、心のなかで思い切りそう叫んだ。

撮影の時間は、ほんの五分ほどだった。
愛蔵との撮影が終わると、すぐにいれかわりで勇次郎との撮影にはいる。
ひよりは機材の前に立ったまま、グッとこぶしをにぎった。
(これも仕事のうち。お肉のため……!!)

それに、愛蔵との撮影で少しはこの場の雰囲気にも慣れた——ような気がする。
次は大丈夫と、ひよりは息を深く吸いこんだ。
(ひつじでも数えてたら、終わるし!)

カメラに背をむけてソワソワしながら待っていると、勇次郎がそばに立つ。
白い上着の胸ポケットに飾られた真っ白なバラがすぐ目の前にあった。
普段知っている二人だから、余計に緊張するのだ。
(マネキンが相手だと思えば……)
思ったよりも勇次郎の顔がちかくて、ひよりはあせったように視線をそらす。
(マ……マネ………)

顔の熱がグーッとあがり、心臓がドクンドクンと鳴りはじめた。

（って、そんなのムリだし〜〜！）


相手はどこからどう見たって、ひよりの知ってる染谷勇次郎だ。

できれば真っ赤になっている顔を両手で隠したいが、動くわけにもいかない。

後ろ姿だけしか写らないのが幸いだろう。

カメラマンの指示で、勇次郎がひよりの背中に腕をまわす。


なんだか胸が苦しくて、ひよりはギュッと目をつむる。

ひつじを数えている余裕なんてなくて、息を止めてじっとしていることしかできなかった。

ようやく撮影が終わり、勇次郎の手がはなれた後も足が小さく震えていてすぐに動けない。


「お疲れさま」

ポツリとつぶやかれた声に、ひよりは急にパチンと目が覚めたような気がした。

勇次郎はそばを離れ、声をかけてきたスタッフと笑顔で話をしている。

(緊張してたの、うちだけかぁ……)

ひよりは深呼吸してストンと肩の力を抜く。

なんだか、少し悔しい気がした——。

それから、五分後。ひよりは再び、カメラの前に引っ張りもどされていた。

撮影が終わったと思ってホッとしていたのに、今度は三人いっしょの写真を撮影するらしい。

(今度こそ、緊張しない！)

気合いをいれて待っていると、愛蔵と勇次郎がやってくる。

「これが終わったら……今日は絶対、クレープ食べて帰ろう！」

ひとり言をもらして、クイッと顔をあげる。

愛蔵と勇次郎がひよりをはさんで左右に立った。

「……なんでそのかっこう？　仮装大会？　ハロウィンはとっくにすぎたけど」

「トマトの仮装だろ」

二人がカメラのほうをむきながら、小声で話す。

ひよりは「え⁉」と、横を見た。

勇次郎がかすかに笑って腕を腰にまわしてくる。

二人に少し強く抱きよせられ、「フニャ！」と思わず変な声がでた。

二人が、「ブッ！」と笑ったのも一瞬で、すぐに真面目な表情にもどっていた。

「はい、ＯＫ。終了でーす！」

カメラマンの声と同時に、二人がパッと手をはなす。

「なんで、うちだって……！」

ひよりは愛蔵と勇次郎の顔を、交互に見た。

「おまえさー、バレてないと思ったわけ？」

「っていうか、緊張しすぎでしょ……何秒、息とめてたの？　フグみたいになってたし」

二人は思い出したのか、口もとに手をやって「クッ」と笑う。

（うちだって……恥を忍んでがんばったのに……）

ふくれっ面になったひよりは、プルプルとふるえた。

「二人とも……やっぱり、イジワルなこと言う――！」

♪ ＊ ✿ ✿ ♫

撮影から一週間ほど経った日。

ひよりが仕事を終えて事務室に立ち寄ると、他のスタッフたちはみんな出払っていて、残っていたのは事務員の女性だけだった。

「お疲れさまです。これ、いつもの日報です！」

「お疲れさま。あっ、そうだ。ひよりちゃん……」

日報を受けとった女性は、デスクの脇においてあったアルバムをひよりに渡す。

「これ、この前撮影した写真。カメラマンさんが送ってくれたから」

「見てもいいんですか？」

「まだあの二人も見てないんだよー、それ」
（そっか、写真……もうできたんだ）
後ろ姿だけとはいえ、自分が写っている写真だ。気にならないわけがない。
少し緊張しながら、アルバムをそっと開いてみた。
写真を見た瞬間、思わずバッと閉じる。
ひよりは両手ではさんだアルバムを、ジワジワと赤くなる顔に押し当てた。
（これ……ダメだぁ〜〜〜!!）

女性事務員がひよりのほうをむき、フフッと笑う。
「かっこいいでしょ？」
そうきかれて、コクンッとうなずいた。
今度こそちゃんと見ようと、もう一度、恐る恐る開いてみる。
左の写真が愛蔵と撮った時のもの、右の写真が勇次郎と撮った時のものだ。
二人ともカメラ目線で、ひよりの背中に腕をまわしている。
女子たちにむける優しい笑顔とは違う。

ドキッとするほど真剣な眼差し――。

撮影中のひよりは、ただ立っているのが精一杯で、二人がどんな表情をしているのか、気にする余裕もなかった。

普段、イジワルなことも言うし、こわい顔もする。

そんな二人を知っているのに、これはドキドキせずにはいられなかった。

(本当に、二人ってかっこいいんだなぁ)

ファンの子たちが夢中になるのもわかる。

(アイドルってすごいんだ……)

「でも……私は、こっちの写真のほうが好きかな」

女性事務員はそう言うと、ふせておかれていた写真を手にとる。

Lサイズのごく普通の写真だ。

(ほかに撮影した写真なんて……)

手に持っていたアルバムを返し、かわりに写真を受けとる。

裏になっていたその写真をひっくり返してみると、そこには三人が写っていた。

「これ……」

小さな声がこぼれる。

撮影が終わったすぐあとの写真。

『お疲れ』

そう言いながら、二人はひよりの頭にポンッと手をのせてきた。

そのまま髪をクシャクシャにされて、『わっ！』とあわてていた時の写真だ。

いつの間に、撮られていたのか。

ひよりをはさんで立っている二人は、おかしそうに笑っていた。

仕事の用の笑顔でも、学校で見せるつくり笑いでもない。

自然体で飾らない、ひよりと同じ高校生の二人。

「表にはでない写真なんだけどね……でも、よく撮れたからって」

「あの……！　この写真……うちがもらっちゃ、ダメですか⁉」

そうきくと、女性事務員はニッコリと笑う。

「いいよ。カメラマンさんもそのつもりで送ってくれたみたいだし」

彼女は唇（くちびる）に人差し指を当てて、軽くウィンクする。

「二人には秘密ね」

「はい‼」

ひよりは笑顔でうなずくと、両手で大事に持った写真を胸に押し当てる。

これはきっと――。

忘れることのできない、大切な、三人の宝物になる。

epilogue ～エピローグ～

年の瀬、ひよりは段ボール箱を抱えて部屋にはいる。今、届いたばかりの実家からの荷物だ。
床におろしてあけてみると、なかには米や餅といっしょに着物と帯がはいっていた。それを広げながら、携帯で電話をかける。

「あ、お母さん？　うん……元気でやっとるよ。荷物、今届いたから……なんで、着物まで？」

『ああ、それ？　ばあちゃんがひよりにって。今年はあんた、帰れんって言っとったけぇ。わざわざ新しく仕立ててくれたんよー』

「ええっ!?　それは嬉しいけど……」

『じゃあ、ばあちゃんにちゃんと、お礼言わんといけんよ』

電話が切れると、ひよりは「はぁ～」とため息をついて着物を見る。

梅の柄のかわいい着物だ。草履や襦袢、羽織なども一式、そろっていた。

着物の着付けなら祖母にならっているからわかるものの、今のところ着て出かける予定がない。

「初詣かぁ……」

大きな神社は、人でいっぱいだろう。だから、初詣も近くの神社で簡単にすませるつもりだったのだが――。

祖母がせっかく送ってくれた着物を見ると、誰かに見せたい気持ちになってくる。

ひよりは少し考えてから、「よしっ!」と立ち上がった。

携帯でメッセージを打ちこみ、送信する。

段ボール箱を片付けてから、部屋を掃除する。

ついでに紅茶を準備してテレビをみていたけれど、メッセージはいっこうに返ってこない。

二人とも既読にはなっているくせに、無視するつもりでいるらしい。

(やっぱりかぁ……)

あの二人が、初詣の誘いなんてのってくるはずがない。

面倒くさそうな顔で携帯を放り投げる二人の顔が、見なくてもわかるような気がした。

「いいよ。うち一人でもいくから……！」

ひよりはすねたようにひとり言をもらした。

大晦日、ひよりは除夜の鐘の放送が始まる前に家をでて、神社にむかった。

空を見あげると、チラチラと雪が落ちてくる。アスファルトの路面も薄ら白くなっていた。

「こっちは、あんまり降らんなぁ……」

実家はもうすっかり雪に埋まっているようだ。

雪は少なくても、寒さは変わらない。手があっという間に冷えて、指先がジンッとしてくる。

息をはきかけながら、巾着を揺らして歩く。

参道には屋台がならんでいて、提灯の明かりが道を明るく照らしていた。

着物を着たカップルや親子づれ、近所の人たちがもうすでに大勢集まり始めている。

石段をあがっていくと、境内の中央でたき火が燃えており、火の粉が空に舞い上がっていた。

そのまわりに人が集まり、手を温めたりしながら談笑している。

「あれ、瀬戸口さんの後輩の」

声をかけられ、「え？」と振り返る。

お守りなどがならんでいる授与所のなかから、シバケンが顔をのぞかせていた。

いっしょにいるのは、体育祭の時にインタビューしてきた新聞部の先輩、山本幸大だ。

「先輩！」

ひよりはびっくりして二人を見る。二人とも、白の衣に水色の袴姿だ。

「神社でお手伝い、ですか？」

「まー、そんなとこ。えーと、ひよりちゃんだっけ？」

「はい、涼海ひよりです！　瀬戸口先輩には、いつも大変お世話になっています!!」

ひよりはペコッと頭をさげた。

「瀬戸口さんもきてるよ」

幸大が、「多分、そのへんにいるんじゃないかな」と教えてくれる。

「瀬戸口先輩も、お手伝いですか？」

「ああ、うん。手伝いしてるのは僕らだけ。二人は初詣」

「二人……？」

ひよりはキョロキョロしながら、雛の姿をさがす。

社務所のそばにもうけられたテントの下で、雛と虎太朗が甘酒を飲んでいるところだった。

二人とも椅子に腰かけて、楽しそうに話をしている。

（わぁ……お似合いだなぁ……）

「声、かけてくればいいのに」

幸大に言われたけれど、ひよりはヘラッと笑ってごまかした。

今話しかけると、邪魔をしてしまうような気がする。

「ひよりちゃん、一人？　誰かと待ち合わせしてんの？」

シバケンが片手で頬杖をつきながら、きいてきた。

「え？　あ、うちは一人で……」

「えー？　もったいねー。かわいいかっこうしてんのに」

「あっ、ありがとうございます！」

（シバケン先輩って、ちょっと柴崎君に似てるけど……性格は全然、違うなぁ）

「んじゃ、俺とリンゴ飴でも食いにいく？」

ニコッとほほえんだシバケンを、横にいる幸大があきれた目で見た。

「えっ⁉」

「せっかくなんだし。俺もそろそろ、幸大といるのも飽きて……」

シバケンは背後に気配を感じたのか、笑顔のままカチンッとかたまった。

見下ろしているのは、巫女装束を着たアリサだ。

「なに、また仕事サボって、ナンパしようとしてるのよ……」

「え～？　なんの……こと？」

「油断も隙もないんだから！」

アリサはガシッとシバケンの襟をつかむと、そのままズルズルと引きずっていく。

二人がでていくと、奥の襖がピシャリと閉まった。

「高見沢先輩も、神社の手伝い？」

ひよりはあっけにとられながら、ひとり言をもらす。

「ここ、高見沢さんの家の神社だからね」

そう幸大に言われて、「あっ」と納得した。どうりで巫女姿も様になっているはずだ。

「先輩たちは高見沢先輩に頼まれて、手伝いを？」

「僕は親戚のおじさんに頼まれて。シバケンのほうは……どうかな」

幸大はお守りを補充しながら、少し首をかしげる。

「そうなんだ……」


「いた！」

羽織の襟がグイッと引っ張られて、思わず「わっ！」と声がでた。

後ろにいたのは、帽子とマスクで顔を隠した愛蔵だ。

「し、柴崎君！」

「あれ……君たち、待ち合わせ？」

幸大にきかれて、ひよりと愛蔵はギクッとする。

「えっ、そういうわけじゃ!!　ぐ、偶然だね！　柴崎君!!」

「え!?　ああ……そ、そうだなー……偶然だな、涼海さん」

ひよりと愛蔵は、「あははは……」と笑い合った。

授与所を離れると、愛蔵がひよりの袖をつかむ。

早足で歩くから、ひよりもつい小走りになっていた。

「なんでここに⁉」

ひよりはまわりをキョロキョロ見回しながら、小声できく。

愛蔵がようやく足を止め、マスクを指でずらした。

「人を呼びだしたのはそっちだろ！」

怒ったような口調だが、まわりをはばかってか愛蔵も小声だ。

「そうだけど……」

（きてくれるって思わんかったから……）

愛蔵の少しふくらんでいたコートのなかで、なにかがモゾモゾと動く。

「あっ、こら。じっとしてろ！」

愛蔵があわてたようにコートを押さえた。

襟もとからひょこっと顔をのぞかせたのは黒猫だ。

それを見たとたん、ひよりの瞳が輝く。

（か……かわいい‼）

「柴崎君の猫⁉」

「俺のじゃねーよ」

黒猫はひよりを見上げ、「ニャ〜」とかわいく鳴く。挨拶のつもりだろう。

「こいつの飼い主が、ほっといてでかけるから……」

ボソッと言いながら、愛蔵は顔をしかめる。

「本当だって〜！　俺、アリサちゃん一筋！　他の子に目移りしたりしないって」

ニコニコしながらアリサの後をついていくシバケンの声に、愛蔵の肩が大きくはねた。

バッとふり返ってから、歩いている二人にあわてて背をむける。

「あいつ、なにやって……‼」

そんな苦々しげなつぶやきが、口からもれていた。

「え？　あいつ？」

「なんでもねーよ……って、あっ、こらっ‼」

愛蔵に抱きかかえられていた黒猫が、うれしそうに鳴いてピョンと飛びおりる。

そのまま、一目散にシバケンのもとに駆け寄っていった。

「あれ、クロ……おまえ、なんでこんなところにいんの？」

シバケンが気付いて、身をかがめながら黒猫を抱きあげる。

「連れてきてたの？」

アリサがきくと、シバケンは「いや……？」と首をひねっていた。

「家にいたはずなんだけど。抜けだしてきたのかー？」

黒猫はゴロゴロと喉をならしながら、シバケンの腕のなかで居心地よさそうに丸まる。

それを抱え直しながら、シバケンが「ん？」とふりむいた。


「やばっ……いくぞ!!」

愛蔵が深く帽子をかぶり、急ぎ足で階段のほうへむかう。

「えっ、でも、柴崎君の猫は？」

「いいから！」

袖を引っ張られながら、ひよりは神社の階段を駆けおりていった。

屋台のならんだ参道を通り抜けると、二人はようやく「はーっ」と息をはきだす。

「そういえば、染谷君は？　いっしょにきたんじゃ……」

「あいつなら、こねーよ」

愛蔵はコートのポケットに両手をしまうと、ゆっくりした歩調で歩きだす。

「そっか。家族といっしょにすごしてるだろうし」

「いっしょに……って感じじゃないと思うけど」

ポツリとつぶやいた愛蔵の背中を、「え？」と見る。

これから参拝する親子づれが、楽しそうに神社のほうへと歩いていく。

「だから……」

愛蔵はひよりをふり返って、ニッと笑った。

「連れだす」

電柱の陰に隠れながら、愛蔵とひよりはそっと様子をうかがう。
風格のある和風邸宅の前に、何台もの車が停まっていた。

（ここ～～～⁉）

ひよりは驚きすぎて、腰を抜かしそうになった。

どれだけ大きな屋敷なのか、塀がずっと先まで続いている。

開いている門の前で、和装やスーツ姿の大人たちが挨拶を交わしていた。

車に乗って帰っていく人もいれば、今到着して、邸宅のなかに入っていく人もいる。


「本当に……ここ、染谷君……ち？」

「表札見ればわかるだろ」

たしかに、門の横には達筆な字で『染谷』と書かれた表札がかかっている。

「染谷君ち……って、なにやってるおうち⁉」

「静かにしろよ！　気づかれんだろ！」

愛蔵が声をひそめて、ひよりの口を片手でふさぐ。

もう片方の手で携帯を持ち、電話をかけていた。相手は勇次郎だろう。

しばらく待っていたが、つながらないようだ。

「いそがしいんかなぁ……？」

「どーせ、部屋に引きこもってるって」

愛蔵は電話を切ると、コートのポケットに押しこむ。

「どうするの？」

「これだけ人が出入りしてたら、紛れこんだってわかんねーよ」

「ええ!?」

人の姿が門の前から消えるのを待って、愛蔵が走りだす。

「あっ、待って〜」

ひよりはあわてて後を追いかけた。

♪　＊　✿　♫

奥の部屋で宴会が続いているのか、にぎやかな声が庭にまで漏れてくる。

大きな池に、部屋や廊下の明かりが映っていた。

松や紅葉が植えられた広々とした庭だ。

（大っきい家だなぁ……）

ひよりが庭を見まわしていると、「こっち！」と愛蔵が袖を引っ張った。

「柴崎君、染谷君の部屋がどこかわかる？」

「前に一度、きたことがあるから……多分」

渡り廊下のほうで聞こえた人声と足音にギクッとして、二人は大きな庭石の陰に隠れた。

歩いてくるのは、ビールジョッキや料理を運ぶ女性二人だ。

「あら、今、庭に誰かいなかった？」

「え？　酔ったお客さん？」

そんな声が聞こえてくる。

「ニャ……ニャァ～」

「なんだ、猫じゃない。最近、よくくるから……」

女性二人の声と足音が遠ざかる。

庭石の陰で、ひよりは自分の口を両手で押さえながら、必死に笑いをこらえていた。

「笑うな！」

隣でかがんでいた愛蔵が、顔を赤くしながらキッとにらむ。

「だ、だって～‼」

ひよりは目尻ににじんだ涙を拭って、しばらくのあいだ笑い続けていた。


中庭を横切ってむかったのは、廊下でつながれた離れの建物だ。

人の出入りもないためか、にぎやかな母屋に比べてひっそりしている。

「ここ……？」

ひよりは明かりの漏れている二階の部屋を見上げた。

「そこで、待ってろ」

愛蔵は大きな木の幹に足をかけると、よじのぼって太い枝に手をかける。

一度枝にぶらさがると、両腕にグッと力をこめた。

たわんだ枝から、サラサラと雪がこぼれてくる。

それを見上げていたひよりは、「う、うちも！」と草履を脱ぎ捨てた。

同じようにしてのぼっていくと、愛蔵が額に手をやってため息をつく。

「おてんば……！」

「芋女だもん」

木登りなら、子どものころからよくやっていたから得意だ。

「落ちても知らねーぞ」

愛蔵は「よっ！」と、枝から庇の上に飛びうつった。

ひよりも続いて庇の上にジャンプしたが、瓦が雪で濡れていたせいで滑りそうになる。

「わっ！」

ひよりがあせって声をあげると、愛蔵が羽織の襟をガシッとつかんだ。

ドサッと落ちたのは、雪だけだ。

「ったく……だから、待ってろって言ったのに！」

「大丈夫！」

「大丈夫じゃねーよ。だいたい、着物着てんのに、木に登んな！」

「あっ、そうだ。これ、うちのおばあちゃんが仕立ててくれたんよ！」

「いま、それ、きいてねぇよ」

声をひそめながら話をしていると、窓がカラッと開いた。

「ひとんちで、なにしてんの？」

勇次郎が窓枠（まどわく）に手をかけたまま、『まったく……』というような顔できく。

愛蔵とひよりは顔を見合わせてから、ニーッと笑った。

「迎（むか）えにきた」

屋敷の裏口から抜（ぬ）けだすと、ひよりと愛蔵は「はぁ……」と息をはいた。

顔を片手で押さえながら、こらえきれなくなったように笑いだしたのは勇次郎だ。

「忍（しの）びこんでくるとか……フツーしないでしょ。なに考えてんの？」

「電話にでねーからだろ！　それと、主犯は涼海だからな」

「えっ!?　うち!?　言いだしたのは柴崎君なのに」

勇次郎は「信じらんない……！」と、肩（かた）をふるわせて笑い続けている。

（染谷君、また笑ってる……！）

夏のライブの後も、ひよりに引っ張られて走った後、楽しそうに笑っていた。

（うち、この顔にちょっと弱いんかも……）

ひよりはキュンとした胸に両手を当てる。

「いくぞ、初詣」

「う、うん！」

愛蔵と勇次郎が先に歩きだしたので、ひよりもその後についていく。

「なんで、電話にでないんだよ？」

「どーせ、愛蔵だと思ったから」

「わかってんならでろよ。重要な話かもしれないだろ」

「重要な話って？」

「え……うちの猫の話、とか？」

「もう、絶対でない」

本当は少しだけ心配していた。誘っても、迷惑に思われるんじゃないかと。

巾着を持つ手を後ろにまわしながら、ゆっくりと二人の後を歩く。

（やっぱり、誘ってよかったなぁ……）


三人が立ちよったのは、近くの小さな神社だ。

提灯の明かりがお社を照らしているが、参拝する人の姿はない。

鳥居をくぐって進むと、賽銭を投げてから鈴をカランカランと鳴らす。

二人といっしょに手を叩いてから、ひよりは目を閉じた。

お願いしたいことはたくさんあるけれど、一番はやっぱり――。


「二人の夢が、叶いますように!!」

声にだしてお願いすると、両隣の二人が同時に「クッ」と笑う。

「なんで、笑うの!?」

「そういうの、心の中でお願いするものなんじゃないの？」

「俺らのことより、自分がヘマしないように祈っとけよ」

「また、二人してうちを笑いものに……!!」

ひよりは頬をふくらませて、プルプルとふるえる。

（真剣にお願いしたのに〜〜〜！）

二人は楽しそうに笑いながら鳥居のほうへと引き返す。

「あっ、待って〜」

あわてて追いかけようとしたひよりは、草履がつっかかってドサッと転んだ。

正座するような体勢になったから、せっかくの着物の裾が雪まみれだ。

「ドジ……」

「なにやってんだよ」

振り返った二人が、同時に手を差し出してくる。

ひよりは少しおどろいて、そんな二人を見上げた。

愛蔵も勇次郎も、『しょうがないやつ』というように笑っている。

この一年、想像もしていなかったことの連続だった。

これからもきっと、そうなのだろう。

ひよりは手を伸ばして二人の手をとると、ギュッとにぎりしめる。

この先、どんなことがあっても。

二人がいっしょだから。

大丈夫、乗り越えていける――。

『うち、がんばるけんね……』

HoneyWorks メンバーコメント！

Gom

shito

ヒロイン育成計画 小説化ありがとう!!
真っ直ぐなひより 応援よろしくお願いします。

しこ

ヤマコ

小説化ありがとうございます!!
『ヒロイン育成計画』
恋をすると女子はみんな
可愛くなれる…!?
ひよりの変わらない根性と
さらなる可能性をこれからも
信じていきたいですね!!
ヤマコ

モゲラッタ

ひよりをプロデュース!!!
某ドラマ風
モゲラッタ

Oji

読んでくれてありがとう!!!

すんごい育成するんだね….

すんごい計画す….

でも－!!!

OJ

サポートメンバーズ!

Atsuyuk!

僕もLIP×LIPに
プロデュースされたい
人生だった…。

Atsuyuk!

お互いにプロデュースされるのって
最の高だと思います。

ziro

ziro

ひよりん
あかりん

りんってめっちゃ素敵…

中西

中西

cake

ヒロイン育成計画、発売おめでとう～♪
LIP×LIPがプロデュースとか夢のような
話だよね!
ひよりは伸びしろがたくさんありそうで
羨ましい…
僕はまず自分のプロデュース、頑張ります!!

cake

Who's next?

「告白予行練習 ヒロイン育成計画」の感想をお寄せください。
おたよりのあて先
〒102-8078 東京都千代田区富士見1-8-19
株式会社KADOKAWA 角川ビーンズ文庫編集部気付
「HoneyWorks」・「香坂茉里」先生・「ヤマコ」先生・「島陰涙亜」先生
また、編集部へのご意見ご希望は、同じ住所で「ビーンズ文庫編集部」
までお寄せください。

告白予行練習（こくはくよこうれんしゅう）
ヒロイン育成計画（いくせいけいかく）

原案／HoneyWorks 著／香坂茉里（こうさかまり） 監修／バーチャルジャニーズプロジェクト

角川ビーンズ文庫 21979

令和2年1月1日 初版発行

発行者――三坂泰二
発 行――株式会社KADOKAWA
〒102-8177 東京都千代田区富士見2-13-3
電話 0570-002-301（ナビダイヤル）
印刷所――旭印刷株式会社
製本所――株式会社ビルディング・ブックセンター
装幀者――micro fish

●お問い合わせ
https://www.kadokawa.co.jp/ （「お問い合わせ」へお進みください）
※内容によっては、お答えできない場合があります。
※サポートは日本国内のみとさせていただきます。
※Japanese text only

ISBN978-4-04-108965-1 C0193 定価はカバーに表示してあります。 ◇◇◇

角川ビーンズ文庫
スキキライ
超人気!!
キュンキュンボカロ曲制作チーム♪
HoneyWorks楽曲が
物語となって登場!!
原案/HoneyWorks
著/藤谷燈子
イラスト/ヤマコ
大好評発売中!!

原案／HoneyWorks
著／藤谷燈子、香坂茉里
イラスト／ヤマコ、島陰涙亜
告白予行練習
シリーズ
青春系胸キュンボカロ楽曲の名手、
HoneyWorksの代表曲、続々小説化!!
1.告白予行練習
2.告白予行練習
ヤキモチの答え
3.告白予行練習
初恋の絵本
4.告白予行練習
今好きになる。
5.告白予行練習
恋色に咲け
6.告白予行練習
金曜日のおはよう
7.告白予行練習
ハートの主張
8.告白予行練習
イジワルな出会い
9.告白予行練習
僕が名前を呼ぶ日
10.告白予行練習
大嫌いなはずだった。
11.告白予行練習
ノンファンタジー
12.告白予行練習
ヒロイン育成計画
以下続刊
好評既刊

●角川ビーンズ文庫●

春日坂高校
漫画研究部
あずまの章
イラスト／ヤマコ、
島陰涙亜
胸キュン小説の名手・
あずまの章
×
HoneyWorks
ヤマコが贈る
青春ラブコメ！
最新4巻、好評発売中！
①第1号 弱小文化部に幸あれ！
②第2号 夏は短しハジケヨ乙女！
③第3号 井の中のオタク、恋を知らず！
④第4号 恋愛オンチは悪魔と踊る！

●角川ビーンズ文庫●

ジャマしないでよ、
再生数100万回
めざして、
実況中!?
大神くん！
大好評
発売中！
リア充イケメンには
要注意!?
WEB発
炎上上等(?)学園ラブコメ！
あずまの章
イラスト・夏芽もも
誰もが認める絶対的美少女——清見ヒロ子・16才。その正体は高校デビューの地味顔でチョー貧乏。お金のため、とある特技で動画を投稿したら一躍有名人に！　でもクラスの神イケメン・大神くんに“裏の顔”がバレて!?

それはまるで雨傘のように
約束はキミと陽だまりの教室で
Presented by
りぃ
イラスト／鈴峰あおい
!
可愛いですねぇ
別冊フレンドの人気コミック原作登場!
涙という雨から守ってくれたのは、先生でした
親友の彼氏をとった子との噂をたてられ高校に行けなくなった紗南。
家族にも本当のことを言えない中、さえない担任の都築先生から毎日メールが届き!?
「ごめん、先生。好きです」泣きキュンの感動作!

5分後に立場逆転の恋
恋する実行委員会　編
5分で恋する
爽快胸キュン
ショートストーリーが盛りだくさん！
かっこつけるのが『彼氏』、守られるのが『彼女』——
それって本当？　本気で“恋”がしたいなら、そんな
“立場”なんて全部ひっくり返しちゃえ！　5分で読める、
爽快胸キュン・ショートストーリーを14編収録！

第19回
角川ビーンズ小説大賞
ジュニア部門応募受付中